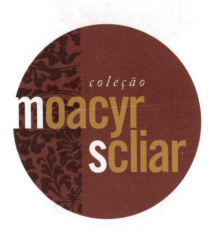

O Menino e o Bruxo

Ilustrações *Maurício Veneza*

Prêmio FNLIJ – Altamente Recomendável

O menino e o bruxo
© Moacyr Scliar, 2007

Diretor editorial	Fernando Paixão
Editora	Gabriela Dias
Editor assistente	Emílio Satoshi Hamaya
Seção "Por dentro da história"	Veio Libri
Coordenadora de revisão	Ivany Picasso Batista

ARTE
Projeto gráfico	Victor Burton
Editora	Cintia Maria da Silva
Diagramadora	Thatiana Kalaes
Editoração eletrônica	Studio 3
Pesquisa iconográfica	Sílvio Kligin (coord.)

CIP-BRASIL. CATALOGAÇÃO NA FONTE
SINDICATO NACIONAL DOS EDITORES DE LIVROS, RJ.

S434m

Scliar, Moacyr, 1937-2011
    O menino e o bruxo / Moacyr Scliar ; Maurício Veneza (ilust.). – 1 ed. – São Paulo : Ática, 2007
    120p. : il. ; – (Coleção Moacyr Scliar)

    Inclui apêndice
    ISBN 978-85-08-11289-0

    1. Assis, Machado de, 1839-1908 – Infância e adolescência – Literatura juvenil. 2. Literatura juvenil brasileira. I. Veneza, Maurício, 1951-. II. Título. III. Série.

07-2490.   CDD 028.5
                                                     CDU 087.5

ISBN 978 85 08 11289-0 (aluno)
ISBN 978 85 08 11290-6 (professor)

2022
1ª edição
10ª impressão
Impressão e acabamento Gráfica Santa Marta

Todos os direitos reservados pela Editora Ática, 2007
Av. Otaviano Alves de Lima, 4400 – CEP 02909-900 – São Paulo – SP
Atendimento ao cliente: 4003-3061 – atendimento@atica.com.br
www.atica.com.br – www.atica.com.br/educacional

IMPORTANTE: Ao comprar um livro, você remunera e reconhece o trabalho do autor e o de muitos outros profissionais envolvidos na produção editorial e na comercialização das obras: editores, revisores, diagramadores, ilustradores, gráficos, divulgadores, distribuidores, livreiros, entre outros. Ajude-nos a combater a cópia ilegal! Ela gera desemprego, prejudica a difusão da cultura e encarece os livros que você compra.

Apresentação

Como quase todo adolescente, Joaquim Maria tem dificuldades para acordar cedo. Mas a cesta de doces que sua madrasta preparou para ele vender na rua já está à sua espera... Não adianta tentar reter as últimas imagens do seu sonho, onde se via com roupas elegantes, rodeado de pessoas importantes que o olhavam com admiração e respeito. Agora, olhos abertos, é mesmo um menino muito pobre, neto de escravos, feio, triste, gago e tímido, que, apesar de gostar muito de ler e escrever, não tem tempo para frequentar a escola – precisa trabalhar o dia inteiro vendendo doces na rua.

Tem enorme imaginação o garoto, e sonha ser escritor algum dia. No entanto, tem tudo para ser apenas mais um menino, como tantos, sem futuro, na cidade do Rio de Janeiro do século XIX. Para piorar, sua saúde é comprometida por frequentes crises, que o fazem desmaiar e perder a consciência.

Mas, justamente num dia em que Joaquim Maria, exausto de percorrer as ruas sem ter vendido nem um único doce sequer, sofre uma dessas crises, ocorre um fato extraordinário, que proporcionará ao garoto o futuro brilhante dos seus sonhos.

Nesta ficção baseada em fatos reais, você vai descobrir o que transformou a vida de Joaquim Maria e como ele se tornou uma das pessoas mais célebres deste país – reverenciado até hoje.

Sumário

Primeira parte
1. Seis horas da manhã:
   bairro de São Cristóvão, Rio de Janeiro 11
2. Dez horas da manhã: centro do Rio de Janeiro 24
3. Três horas da tarde (aproximadamente):
   a casa misteriosa 28
4. Cinco horas da tarde:
   num lugar, por enquanto, desconhecido 33
5. Sete horas da noite:
   ainda na casa do Cosme Velho 58
6. Sete horas e vinte minutos:
   uma aparição inesperada 62
7. Oito horas da noite: conversa decisiva 72
8. Revelações ocorrem, e antes mesmo da meia-noite 81

Segunda parte
E o que aconteceu depois? 93

Bastidores da criação 107
Biografia 109
Por dentro da história 111

Primeira parte

1 | *Seis horas da manhã: bairro de São Cristóvão, Rio de Janeiro*

—Acorde, Joaquim Maria!

O menino mexeu-se na cama, os olhos ainda fechados, resmungou qualquer coisa que podia ser um "já vai, só mais um minuto". Como muitos rapazes na sua idade, quinze anos, ele tinha dificuldade em acordar. Não: tinha dificuldade em deixar escapar seus sonhos, que, no entanto, já se desfaziam, já desapareciam como a água que some na terra seca. Inutilmente ele tentava lembrar o que tinha sonhado. Porque era uma coisa boa, muito boa; no sonho, ao contrário do que acontecia na sua vida real, vira-se num grande salão, rodeado de pessoas da alta sociedade e usando, ele próprio, uma elegante sobrecasaca: ou seja, naquele sonho era alguém importante, respeitado... Mas importante por quê? Mas respeitado por quê? Menino pobre, humilde, o que o tornara, naquele sonho, digno de atenção e respeito? Se pudesse, adormeceria de novo, para ir em busca de respostas. Mas isso era impossível: desde criança sabia que sonho perdido não se recupera. E, mesmo que quisesse, não conseguiria adormecer, porque a madrasta agora insistia:

– Vamos, rapaz, levante! Já é tarde!

O tom de voz era firme, mas não autoritário. Nas histórias de fadas, as madrastas muitas vezes são mulheres tirânicas, malvadas, que atormentam as crianças. A madrasta de Joaquim Maria estava longe de ser assim. Tratava-o bem, mas isso não era suficiente para neutralizar o sofrimento que ele trazia da infância, desde quando, aos dez anos, perdera a mãe, vítima da tuberculose, doença que, naquela época, meados do século dezenove, era muito comum e para a qual não havia cura. Foi uma grande perda, a que outras se somavam. Quatro anos antes havia falecido, ainda criança, sua irmã Maria, uma menina de quem gostava muito. Também perdeu a madrinha, Maria José.

A madrasta, uma mulher sofrida, acostumada às tragédias da vida, bem podia imaginar o quanto essas coisas haviam feito sofrer Joaquim Maria, ainda que o menino, quieto e retraído, jamais se queixasse. Procurava consolá-lo, ajudá-lo, tratá-lo com carinho até. Mas tinha de tirá-lo da cama: eram pobres, e pobre tem de levantar cedo para conseguir o pão de cada dia. O jovem Joaquim Maria sabia disso, sabia que precisava ajudar em casa, e se esforçava. Não lhe era fácil. Problemas não faltavam; mulato, magrinho, feio, era gago e sofria de uma doença que se manifestava sob a forma de crises, durante as quais perdia a consciência: quando acordava, não sabia onde estava e às vezes dizia coisas sem sentido.

A tudo isso somava-se a pobreza. O pai, pintor, podia se dar por feliz quando encontrava algum trabalho, mesmo mal pago. A madrasta ganhava um magro salário trabalhando como cozinheira no colégio Menezes; além disso, e para reforçar o orçamento da família, fazia doces, de cuja venda havia sido encarregado o jovem Joaquim Maria.

– Você não sabe – a madrasta novamente – que Deus ajuda a quem cedo madruga?

Não havia outro jeito: ele tinha, mesmo, de levantar. Com esforço, saiu da cama, bocejando. Vestiu a roupa modesta (rasgões não faltavam na calça de pano barato), lavou-se numa bacia com água, penteou-se. O caco de espelho pendurado na parede do quarto mostrava-lhe o seu rosto magro, comprido, o olhar melancólico. Joaquim Maria era um menino triste, tão triste que às vezes ele próprio se perguntava – e nessa manhã fez isso de novo – de onde vinha tanta tristeza. Era doença, aquilo? Ou seria coisa da vida, mesmo – do destino?

Como de costume, não achou resposta. Suspirou e sentou à mesa da cozinha, onde a madrasta colocara uma caneca de café preto e um pedaço de pão seco – manteiga, queijo, frutas, essas coisas, nem pensar. Custavam muito caro.

Mastigando o pão dormido, perguntou pelo pai.

– Já foi trabalhar – respondeu a madrasta. – Saiu às cinco da manhã. Ele arranjou um serviço em Botafogo...

Pintor, Francisco José de Assis trabalhava duro e ganhava pouco. O orçamento da casa tinha de ser completado por Maria Inês e pelo próprio Joaquim Maria. Nada de surpreendente nisso. Naquela época, aos nove ou dez anos muitos garotos já estavam trabalhando. Ele não era exceção.

Maria Inês trouxe-lhe o cesto onde estavam, cobertos com uma toalha branca, os doces que havia preparado: os bem-casados, os pastéis de Santa Clara, os bolinhos de Coimbra, os ovos moles de Aveiro, os pastéis de Belém... Tanta coisa boa deixava Joaquim Maria com água na boca; mas sabia que aquilo era para vender; só podiam comer os doces não vendidos, aqueles que já tinham passado do ponto e que seriam jogados fora de qualquer maneira.

– Aqui está, Joaquim Maria. Hoje é um dia bom para vender, você sabe...

Sim, ele sabia: era 24 de dezembro, véspera de Natal. As pessoas poderiam comprar os doces para dar de presente, ou para a própria ceia.

– Você se lembra dos preços? Lembra direitinho?

– Claro que lembro – o garoto, meio contrariado: orgulhava-se de sua boa memória. Maria Inês riu:

– Eu sei que você lembra. Estava só brincando com você. Na vida, a gente precisa brincar um pouco, não é verdade? Tristeza já existe bastante, você sabe... E agora vá. Ah! Não esqueça que vamos à missa do galo na igreja da Candelária. Seria bom se fôssemos todos juntos, mas, se você não puder retornar para casa a tempo, encontre-nos lá. Só não chegue atrasado.

Sacudiu os braços como se estivesse batendo asas:

– Não chegue depois de o galo cantar...

Estava se referindo à tradição segundo a qual o galo fora o primeiro bicho a ver o recém-nascido Jesus, um nascimento que anunciara ao mundo com um glorioso cocoricó – daí o nome da missa. À qual eles não faltariam. Gente pobre, não era todo ano que podiam organizar uma ceia de Natal, com os pratos típicos, e aquele ano tinha sido bem ruinzinho. Mas a missa do galo, costume antigo e tradicional, a missa era uma obrigação. E estariam juntos, os três, o que sem dúvida lhes traria sorte e felicidade no ano que em breve começaria.

A madrasta inclinou-se, beijou-lhe a testa:
– Agora vá. E boa sorte.
Joaquim Maria pegou o cesto e saiu.

A humilde, minúscula casa em que moravam ficava ao lado da escola em que Maria Inês trabalhava como cozinheira; ao passar por ali, o garoto podia observar, pelas janelas abertas, as alunas em aula.

Joaquim Maria não frequentava colégio. Melhor dizendo, não frequentava regularmente colégio. Quando possível, quando a situação financeira melhorava um pouco, matriculava-se em algum estabelecimento de ensino, mas nunca por muito tempo: volta e meia o pai ficava sem trabalho, o dinheiro começava a escassear. O salário da madrasta, única renda mais ou menos garantida, não era suficiente para sustentar os três; ele precisava ajudar com a venda de doces, e aí não tinha outra alternativa senão abandonar a escola.

O que era, para ele, causa de mágoa, de sofrimento: que inveja tinha dos meninos e das meninas que podiam ir ao colégio, que usavam uniformes vistosos, que tinham livros e cadernos – que inveja! Ao passar pela escola, muitas vezes detinha-se, colocava no chão o cesto e ficava espiando o que se passava nas salas de aula. Ali estavam as alunas, nos seus uniformes limpinhos, sentadas nas carteiras, muito comportadas, ouvindo o que a professora dizia. E a professora dizia muita coisa, ensinava muita coisa: história, geografia... Joaquim Maria ficava particularmente encantado quando a professora Isaura, uma mulher ainda jovem, de uma beleza aristocrática, elegantemente vestida, selecionava da pilha de livros que tinha sobre a mesa um volume, abria-o e lia, em voz alta, um poema ou um conto. Lia com entusiasmo e emoção, numa voz vibrante que deixava o menino arrepiado. Joaquim Maria adorava ler. O pai, homem relativamente culto e informado, não tinha dinheiro para comprar livros, que eram muito caros, mas pagava, com sacrifício, uma assinatura do famoso Almanaque Laemmert, também conhecido como *Almanaque administrativo, mercantil e industrial da corte e província do Rio de Janeiro*, que trazia notícias e artigos sobre o que estava acontecendo no Império (na época, o Brasil era governado por Dom Pedro II). Além disso, continha também textos literários. Joaquim Maria lia a publicação, claro; lia até com prazer; mas não era um livro, e era com livros que ele sonhava. Não que não pudesse lê-los; podia, sim. Frequentava o Gabinete Português de Leitura, no centro da cidade, que tinha uma biblioteca enorme, com milhares de livros. Outras vezes arranjava, com as professoras do colégio, alguma obra emprestada, que podia inclusive levar para casa. O que era para ele motivo de alegria, de celebração; quando isso acontecia, varava a noite lendo. Porém o fato era que, diferente das meninas, não tinha os seus próprios livros, livros que pudesse colocar numa mesinha junto à cama para ler quando lhe desse vontade.

As meninas. Joaquim Maria olhava os livros, mas olhava as garotas também. Deus, eram lindas. Joaquim Maria tinha chegado àquela idade em que os garotos descobrem o amor, o sexo; mas isso parecia a ele território proibido. Garoto tímido, cada vez que chegava perto de uma garota começava a tremer, suava frio, gaguejava. Além disso, as alunas do colégio, filhas de comerciantes, de proprietários de sítios ou fazendas, tinham um nível de vida muito superior ao seu; não eram para o seu bico. Feio, gago, que chance teria com elas?

Contentava-se, pois, em mirá-las furtivamente da janela. Um dia teria a sua namorada, um dia encontraria a garota de seus sonhos. Como era essa garota ele não sabia, não podia sequer imaginar; nem se atrevia a tanto. Não conseguia sequer imaginar o seu próprio futuro, que, certamente, não seria muito animador. Mulato pobre, com problemas de saúde, sem a mínima esperança de conseguir um diploma ou mesmo de terminar o colégio, suas perspectivas eram desanimadoras. E o pai não tinha amizades ou ligações que pudessem facilitar o acesso a algum emprego, qualquer que fosse. O jeito era continuar vendendo doces e torcer para que a sorte enfim lhe sorrisse, como havia sorrido para as meninas que ali estavam, limpinhas e arrumadas.

A sineta soou, anunciando o primeiro intervalo da manhã. Joaquim Maria não poderia ser apanhado ali, na janela; as severas professoras não o perdoariam. E quem pagaria o pato sem dúvida seria a madrasta, que talvez até perdesse o emprego na escola: um desastre para a família. De modo que, mais do que depressa, pegou o cesto e saiu.

Tinha pela frente uma longa jornada, que só terminaria ao anoitecer. Uma jornada dura, que no entanto não lhe desgostava. Caminhar sempre fizera parte de sua vida, desde a infância, no morro do Livramento. Ali nascera, na enorme chácara de sua madrinha, Maria José de Mendonça Barroso Pereira. Na propriedade trabalhavam escravos e agregados; estes, pessoas que contavam com a confiança dos proprietários rurais e eram protegidos por eles. Uma das agregadas de Maria José era Maria Leopoldina Machado da Câmara, nascida nos Açores; ela casou com o mulato Francisco José de Assis. Desse casamento nasceu um menino que teve como madrinha a dona da chácara, Maria José, e como padrinho o genro dela, Joaquim Alberto de Souza da Silveira. Daí o nome: Joaquim (em homenagem ao padrinho) Maria (em homenagem à madrinha) Machado (do sobrenome da mãe) de Assis (sobrenome do pai). A homenagem a padrinhos, sobretudo padrinhos que estavam bem de vida, era muito comum entre gente pobre; esperava-se com isso alguma proteção para os afilhados. E de fato Maria José, que era rica, ajudou muito Joaquim Maria. Mais que isso, tratava-o com afeto; quando o garoto era pequeno, contava-lhe histórias, contos de fada que ele ouvia embevecido e que lhe davam vontade de ser, ele também, um contador de histórias.

Joaquim Maria cresceu no morro do Livramento, correndo pelas encostas, procurando ninhos de pássaros ou perseguindo lagartixas. Um morro que ele costumava subir a pé, junto com a família, em direção à modesta capela que ficava no alto daquela elevação. Mas não se restringia só à chácara da madrinha; descia para a praia, onde estavam as canoas dos pescadores, encalhadas no lodo; ia para a Gamboa, brincava no cemitério "dos ingleses", assim chamado porque ali eram enterrados os membros da grande colônia britânica no Rio de Janeiro – naquela época, os ingleses dominavam o mundo e tinham negócios por toda a parte. Chegava até o bairro da Saúde, com suas ruas estreitas, suas ladeiras, suas casas antigas, a maioria ainda do período colonial; ou então ia para a beira do mar, para a Praia Formosa, sempre cheia de canoas de pescadores.

À medida que crescia, estendia suas incursões; vendendo doces, acabou por conhecer praticamente toda a cidade do Rio de Janeiro. O que não era difícil. A então capital federal era, naquele ano de 1854, uma cidade relativamente pequena, com menos de trezentos mil habitantes, concentrados em uns poucos bairros. Uma cidade com belas paisagens – as montanhas, as praias, o mar, as ilhas –, mas suja, muito suja. As condições de higiene eram péssimas: charcos de água estagnada, por toda a parte; cães, gatos, galinhas, porcos, cabras misturando-se à multidão. Como o Rio não dispunha de esgoto, escravos carregavam barricas com dejetos para atirá-los ao mar; todos fugiam deles, por causa do cheiro e pelo temor de um esbarrão, que podia jogar fezes nas roupas. A iluminação pública era feita com lampiões a azeite; só mais tarde seria introduzido o gás. O transporte público dependia das "gôndolas", ou ônibus puxados por animais de tração.

São Cristóvão era um bairro relativamente tranquilo, mas Joaquim Maria não vendia muito doce ali. Melhor era o centro (a rua do Ouvidor, que era então a principal, a rua Direita, a rua da Quitanda, a rua dos Ourives). Um lugar bem movimentado: cafés, confeitarias, charutarias, alfaiatarias, joalherias, sem falar nos quiosques, pequenos estabelecimentos comerciais que vendiam café e bilhetes de loteria. Nas ruas, uma multidão: homens, mulheres, policiais, vendedores ambulantes, escravos. Diferente de outros vendedores ambulantes – havia dezenas por ali –, Joaquim Maria, garoto tímido, não apregoava sua mercadoria, coisa que sua gagueira tornaria difícil; limitava-se a colocar o cesto sobre a calçada e ficava aguardando algum possível freguês.

Era fascinado por pessoas, o menino Joaquim Maria. Não lhe interessava apenas a aparência externa, as roupas que vestiam; procurava também adivinhar as suas vidas, as suas preocupações, os seus dramas. Em sua cabeça nasciam histórias, que ele, como os autores dos livros que lia, transformava em narrativas. Dirigidas a quem, ele não sabia. Em geral eram histórias simples. Via um rapaz olhando com interesse uma moça que passava, imaginava um encontro entre ambos e depois uma história de amor, sempre com final feliz: pelo menos na ficção, as coisas poderiam e deveriam terminar bem.

Às vezes, porém, outras ideias lhe ocorriam. Estranhas ideias que o deixavam perturbado, como aquela que tivera justamente ao passar pela igreja da Candelária. Era a Casa de Deus, e seria de imaginar que, se essa Casa lhe inspirasse uma história, deveria ser algo piedoso, cheio de fé e veneração religiosa. Mas não foi o que aconteceu. Para sua surpresa (e até para seu horror, na verdade), uma frase surgiu em

sua mente: "O Diabo, em certo dia, teve a ideia de fundar uma igreja".

Frase que o fez estremecer: de onde tirara aquilo? O Diabo, fundando uma igreja? Como, se igreja era a Casa de Deus? Mas, a partir dessa frase, ele já não conseguia controlar sua fantasia, e a história ia surgindo. Ali estava o Diabo, planejando sua igreja, uma igreja que teria suas missas, suas rezas. No momento seguinte, o demônio (mas que atrevimento!) comunicava a Deus, ao próprio Deus, o seu plano. Uma declaração de guerra, na verdade, porque o objetivo era, nada mais nada menos, do que derrotar o Senhor. Tendo fundado uma nova religião, o Diabo conseguia atrair para ela multidões. O que era pecado – a avareza, a preguiça, a inveja – passava a ser virtude. Ao contrário, amar o próximo era coisa de parasitas, algo que deveria ser substituído pelo ódio ou pelo desprezo. Mas aí o Diabo verifica, para sua surpresa, que muitos fiéis, às escondidas, praticam as antigas virtudes; avarentos dão esmolas, corruptos restituem as quantias roubadas dos cofres públicos. E quando por fim resolve perguntar a Deus a causa daquele estranho fenômeno, ouve o Senhor falar da "contradição humana".

História esquisita, perturbadora mesmo. *De onde é que tiro essas ideias?*, perguntava-se Joaquim Maria, apreensivo. Para ele, aquilo não era literatura, era molecagem. Só que ele não era moleque, era um rapaz bem-comportado – naquela mesma noite iria à missa do galo. E exatamente por isso, porque era considerado – pelo pai, pela madrasta, pelos vizinhos – como um garoto bem-comportado, não falava a ninguém das histórias que lhe ocorriam. Sabia que escritores às vezes imaginam coisas estranhas; mas seria lícito a ele, Joaquim Maria, escrever uma história sobre a tal igreja do Diabo? Ou deveria pensar em temas mais nobres, mais elevados?

Perguntas para as quais não tinha resposta. O fato é que escrevia, porque escrever, para ele, era o resultado de um impulso muito forte. Na calada da noite, à luz vacilante de um coto de vela, escrevia sem parar; a única coisa que limitava sua vontade de escrever era o preço do papel e da tinta – e o cansaço, que às vezes o fazia adormecer sobre a mesa. Mas tudo o que escrevia ficava em segredo. Não mostrava a ninguém suas histórias, seus poemas. Para os que o conheciam, Joaquim Maria era apenas um garoto pobre, um vendedor de doces.

2 | *Dez horas da manhã: centro do Rio de Janeiro*

Joaquim Maria foi caminhando pelas ruas do centro, com seu cesto. Infelizmente não estava com sorte naquela manhã; pelo jeito, ninguém queria comprar doces. Ele deveria estar chateado, e estava mesmo, mas não muito. Por causa das livrarias, claro: Joaquim Maria adorava os livros, e livraria, ali no centro, era coisa que não faltava. A de Agostinho de Freitas Guimarães, na rua do Sabão; a Livraria Portuguesa, de Luis Ernesto Martim, na rua dos Ourives; a de Albino Jordão, na rua do Ouvidor; a Livraria Universal, de Eduardo e Henrique Laemmert, na rua da Quitanda; a de Serafim Gonçalves Neves, também na rua da Quitanda; a Livraria Soares, na rua da Alfândega; a Livraria Souza, na rua dos Latoeiros. Muitas eram de estrangeiros, em geral franceses ou belgas: a Crémière, na rua da Alfândega; a de Désiré Dujardin, na rua do Ouvidor; a dos irmãos Firmin Didot, na rua da Quitanda; a de Junius Villeneuve e a Mongier, na rua do Ouvidor; e uma da qual Joaquim Maria gostava particularmente, a livraria dos irmãos Garnier, na Rua do Ouvidor. A presença dos franceses no ramo livreiro tinha explicação; a França era, para o Brasil, a grande referência cultural. Falar francês era o máximo, os autores franceses eram muito lidos.

Para Joaquim Maria, aquilo era um verdadeiro paraíso. Demorava-se na frente das vitrines, olhando com fascínio e admiração os volumes ali expostos, um verdadeiro tesouro de conhecimento, de sabedoria, de arte. Nariz grudado no vidro, ficava tempo mirando as capas, mesmo aquelas severas, sem ilustração. Volta e meia um vendedor irritado aparecia à porta do estabelecimento e mandava-o embora com uma frase áspera, do tipo "isto não é lugar para garotos de sua laia, você deve ser até analfabeto".

Mas muitos livreiros conheciam o garoto e gostavam dele, como era o caso do senhor Garcia, dono de um pequeno estabelecimento. Tratava Joaquim Maria muito bem; fazia-o entrar, mostrava-lhe os livros, comentava autores como Basílio da Gama, frei Santa Rita Durão, Claudio Manuel da Costa, o Padre Antonio Vieira. De vez em quando, até dava de presente um volume usado para Joaquim Maria. Estimulava-o a ler e também a escrever:

– Um dia ainda vou vender os livros de Joaquim Maria Machado de Assis – proclamava. – Um dia você será um escritor famoso no Brasil e quem sabe até no estrangeiro.

Joaquim Maria, encabulado, começava a rir. Tornar-se escritor era para ele um sonho, mas um sonho longínquo, quase impossível. Nem sequer se atrevia a contar a Garcia sobre suas tentativas literárias.

Joaquim Maria foi até a livraria de Garcia. Queria desejar-lhe um feliz Natal, quem sabe conversar um pouco; e, no fundo, bem no fundo, tinha a esperança de que o homem lhe desse um livro de presente; nada seria melhor do que passar o dia de Natal lendo alguma história bonita, comovente.

Mas não encontrou Garcia; a livraria estava fechada, talvez antecipando o feriado de Natal.

– Estou com azar mesmo – suspirou Joaquim Maria. Não conseguia vender os doces, não encontrara seu amigo Garcia... Muito azar. E logo na véspera de Natal, num dia em que as pessoas em geral estão alegres, felizes.

Sempre carregando o cesto, que agora começava a pesar, seguiu adiante. Andou mais alguns quarteirões, sem resultado. Quando isso acontecia, quando não conseguia vender os doces no centro, dirigia-se para outros bairros, Glória, Flamengo.

Foi o que fez. Mas de fato não estava com sorte. Na Glória e no Flamengo, também não conseguiu vender nada. Algumas pessoas o detinham, pediam para olhar o que havia no cesto, mas não compravam; uma mulher gorda reclamou dos preços, um homem de fraque e cartola, com cara de arrogante, disse que os doces estavam cheirando mal.

Àquela altura, Joaquim Maria estava a ponto de chorar. O que ele mais queria era retornar com o cesto vazio e o bolso cheio de moedas – seria um presente de Natal para o pai e para a madrasta. Pelo jeito, isso não iria acontecer; voltaria para casa sem ter vendido nem um doce sequer. Nem o pai nem a madrasta o censurariam; pessoas boas que eram, evitariam magoá-lo. Fariam apenas um comentário do tipo "é, a vida é assim mesmo". Mas sem dúvida ficariam frustrados.

Decidiu: não voltaria de mãos abanando. Trataria de vender alguma coisa, quem sabe batendo à porta de alguma casa para oferecer os doces. Mas, para isso, teria de ir em busca de clientela em bairros ainda mais distantes, Laranjeiras, Cosme Velho, região de antigas chácaras e grandes casas. Àquela altura já passava do meio-dia e ele não aguentava mais de fome. Habitualmente usava o dinheiro da venda dos doces para comer algo num quiosque; agora, porém, com o bolso vazio, o jeito era seguir em frente.

Chegou ao Cosme Velho. Foi caminhando por uma rua tranquila e arborizada. Ninguém ali, nenhum potencial cliente. De vez em quando, cruzava com um escravo "agueiro", carregando uma vasilha com água do rio Carioca para alguma casa, e isso era tudo. Àquela altura, a sua apreensão começava a se transformar em desespero. *Ajuda-me, meu Deus*, murmurava baixinho.

De repente, estacou.

3 | *Três horas da tarde (aproximadamente): a casa misteriosa*

Estava diante de uma casa relativamente grande, de dois andares. No térreo, a porta, ladeada por duas janelas; no andar de cima, três portas, com pequenos balcões gradeados. Na lateral, um outro balcão, maior e coberto. Tanto as portas como as janelas tinham, na parte superior, frontões decorados. Também era decorado o beiral do telhado. Diante da casa, e aos lados, um jardim, separado da rua por uma mureta e grades. Entrava-se por um portão, que, naquele momento, estava fechado.

Não era a primeira vez que Joaquim Maria vinha àquela rua e não era a primeira vez que se detinha naquele lugar: às vezes ficava horas ali. É que o impressionava muito, a casa. Não que tivesse aparência sinistra, pelo contrário; era uma residência bonita, um tanto aristocrática. O jardim na frente era bem cuidado, mas as janelas estavam sempre fechadas, com as pesadas cortinas corridas; nas vezes em que Joaquim Maria estivera ali, nunca vira ninguém entrar na casa ou sair dela. O que o intrigava e o fascinava. Quem moraria naquele lugar? Um conde, um barão? Estava entregue a essas conjecturas (e, claro, às histórias que sua imaginação já estava criando) quando passou por ele um escravo "agueiro", carregando uma grande vasilha com água. Num impulso, deteve-o:

– Desculpe, meu nome é Joaquim Maria, e queria lhe fazer uma pergunta. O amigo sabe, por acaso, quem mora nesta casa?

O homem pousou no chão a grande, pesada vasilha, limpou o suor da testa, olhou para a casa. Vacilou um instante e por fim disse:

– Para dizer a verdade, não sei ao certo...

Vacilou de novo – pelo jeito a pergunta de Joaquim Maria tinha mais implicações do que o rapaz imaginava – e continuou:

– Uns acham que não mora ninguém aí, que a casa está vazia. Outros dizem que há, sim, um morador, um homem já de certa idade, mas que nunca aparece. E você sabe por que ele nunca aparece?

Olhou para os lados, inclinou-se na direção de Joaquim Maria e segredou:

– Porque, segundo se comenta, é um bruxo. O Bruxo do Cosme Velho.

– Não me diga! – Joaquim Maria estava impressionado. Na verdade, a revelação do homem não chegava a ser uma completa surpresa. Bruxos, no Rio de Janeiro daquele tempo, não eram raros; em São Cristóvão, por exemplo, existiam quatro ou cinco. Um deles morava perto da casa de Joaquim Maria: um homem pequeno, magro, com severas feições indiáticas e ar misterioso. Muita gente ia procurá-lo; dizia-se que preparava poções mágicas, capazes de restaurar a paixão de maridos cansados de suas esposas ou capazes de fazer engravidar mulheres que não conseguiam ter filhos. A madrasta falara em

levar o próprio Joaquim Maria lá; talvez o bruxo pudesse resolver o problema de que o menino sofria, aqueles misteriosos ataques que por vezes deixavam-no sem sentidos. Só não o fizera porque o bruxo cobrava muito caro por seus serviços e, principalmente, porque o garoto tinha medo dessas coisas.

Como que adivinhando esse temor, o "agueiro" apressou-se a acrescentar:

– Mas, se existe mesmo um bruxo aí dentro, não deve ser um bruxo ruim. Se fosse, o meu patrão, que é um homem rico, poderoso e sabe das coisas, já teria chamado a polícia. Se não chamou, é porque ou não mora ninguém aí ou o bruxo é inofensivo. Agora me perdoe, mas tenho de levar esta água, estão me esperando...

Despediu-se e se foi, deixando Joaquim Maria mais intrigado do que antes. De repente, uma ideia lhe ocorria: e se – vencendo os seus receios – pudesse consultar aquele bruxo, pudesse solicitar os seus serviços, o que lhe pediria? Deus, havia muita coisa a pedir, muita coisa. Para começar, pediria uma vida melhor para a sua família, para o pai, para a madrasta, para si próprio. Menos aflições, mais conforto: uma casa melhor, comida melhor. Para si próprio, pediria que o bruxo o curasse da gagueira e, sobretudo, daquelas estranhas crises que o deixavam tão mal, tão fora da realidade. Por último, mas não menos importante, pediria que o bruxo lhe desse aquele poder que têm os escritores de expressar as emoções, os sentimentos, os pensamentos através de palavras. Que o transformasse num autor famoso como aqueles cujos livros via expostos na vitrine da livraria do Garcia. Coisa que a Joaquim Maria parecia um sonho inatingível. Escrever era uma coisa que ele fazia, ainda que às escondidas. Mas como poderia passar de vendedor de doces a escritor? Como conseguiria transformar seus modestos trabalhos literários em obras impressas?

Enfim, não era pouco, o que ele tinha a pedir. Bruxo nenhum, por mais poderoso que fosse, conseguiria atender a tais pedidos. Mas não custava devanear...

O sol começava a se pôr. O rapaz de repente sentiu uma fraqueza, uma tontura. O que não era de admirar: não comera nada o dia todo. Não tinha dinheiro para fazer um lanche; para isso, precisaria ter vendido os doces, o que não acontecera. Claro, poderia talvez comer um doce; mas isso o faria sentir-se culpado. Afinal, aquilo era para vender, para obter um dinheiro do qual o pai, a madrasta e ele precisavam muito.

Tão fraco estava, tão tonto, que se sentou no chão, junto a uns arbustos. Mas não se sentia melhor; ao contrário, a tontura ia se agravando e de repente se deu conta, em pânico, que aquilo não era um mal-estar passageiro, resultante da fome. Era uma crise que se avizinhava, uma daquelas que tinha periodicamente. O mal-estar ia num crescendo, começou a ouvir ruídos estranhos, uma espécie de longínqua e ameaçadora trovoada. Seu olhar toldou-se, tudo ficou escuro, ele não viu mais nada.

4 | *Cinco horas da tarde: num lugar, por enquanto, desconhecido*

Abriu os olhos e estava deitado num sofá, num lugar estranho, um lugar, para ele, completamente desconhecido. Uma sala ampla, confortável. Uma mesa de trabalho, muito simples, com gavetinhas; sobre o tampo, pilhas e mais pilhas de manuscritos. Livros, muitos livros: grandes armários com prateleiras cheias de volumes encadernados. À sua frente, um grande relógio de pêndulo, tiquetaqueando, marcava cinco horas. Da tarde ou da madrugada? E de que dia? Quando tinha as crises, Joaquim Maria perdia a noção de tempo e de lugar. Lembrava-se, vagamente, que, de manhã (mas de manhã quando, em que dia?), saíra de casa com um cesto para vender doces; depois disso, deveria ir para casa, ou para a igreja da Candelária, onde, junto com o pai e a madrasta, assistiria à missa do galo. Se as cinco horas que o relógio marcava eram cinco da tarde daquele mesmo dia, menos mal, ainda chegaria a tempo; mas e se fossem as cinco da manhã do dia seguinte? As janelas, fechadas, não lhe permitiam saber se era dia ou noite, tarde ou madrugada.

Com esforço conseguiu soerguer-se, sentou-se no sofá. E aí avistou, sentado numa cadeira, um homem. Um senhor de idade, barba e cabelos grisalhos, bem vestido, com uma sobrecasaca preta, camisa branca, gravata. Usava, como era comum naquela época, um pincenê, óculos sem haste que ficavam presos no dorso do nariz, e que lhe davam um ar de doutor, de professor. Mas o que mais chamou a atenção de Joaquim Maria foi a melancolia que via estampada no rosto do homem. *Deus, ele deve ser muito triste*, pensou.

Ao notar que Joaquim Maria recuperara os sentidos, o homem pôs de lado o livro que estava lendo, levantou-se e aproximou-se:

– Está melhor? – perguntou. O tom de voz era contido, mas não hostil; ao contrário, denotava genuíno interesse. O que, a

Joaquim Maria, fez muito bem; naquele momento, precisava de alguém que o ajudasse, que o amparasse, mesmo que se tratasse de um completo desconhecido, como aquele homem.

– Um pouco – respondeu, surpreendendo-se com a sua própria voz, que estranhamente saía fraca, rouca. Tentou levantar-se, não conseguiu: cambaleou, teve de sentar de novo.

– Melhor você ficar deitado aí – disse o homem. – Não precisamos ter pressa, não é verdade? Levante-se apenas quando se sentir em condições.

– É que... – Joaquim Maria apontou para o relógio. – É tarde, preciso voltar para casa, há gente me esperando...

– Você vai voltar, mas quando estiver melhor. Agora, descanse. Escute: você quer que eu chame um médico?

Médico? Joaquim Maria se assustou. Poucas vezes em sua vida tinha sido atendido por médico. O mesmo acontecia com o pai e com a madrasta: não tinham dinheiro para pagar as caras consultas ou os remédios. Quando ficavam doentes, consultavam um curandeiro das vizinhanças que os tratava com chás ou benzeduras e que aceitava em pagamento doces ou qualquer outra coisa que tivessem para lhe oferecer. Na verdade, Joaquim Maria tinha medo de médicos; não queria ser levado para o hospital, não queria ser operado. Portanto, apressou-se a dizer que não, que não era necessário chamar médico, que já estava melhor.

– Tem certeza? – O homem mirava-o, atento. – Neste caso, posso lhe oferecer alguma coisa? Um chá, biscoitos?

Um chá, biscoitos: boa ideia. Apesar de nauseado, Joaquim Maria achou que comer lhe faria bem: talvez a sua tontura, ou parte dela, fosse resultado da falta de alimento.

– Se não for incômodo...

– Claro que não é incômodo. Espere um pouco, já lhe trago.

Saiu. Com esforço, Joaquim Maria levantou-se, deu uns passos pelo aposento. Agora, mais lúcido, podia examinar o lugar. Estava numa casa agradável, bem mobiliada; não era a casa de alguém rico, mas de uma pessoa que tinha posses e também bom gosto; mostrava-o uma pequena e elegante mesa com um tabuleiro de xadrez, jogo que o garoto conhecia: um de seus vizinhos, em São Cristóvão, era bom enxadrista e lhe ensinara as regras. Mas peças curiosas como aquelas Joaquim Maria nunca vira nem imaginava que pudessem existir. Com exceção das torres e dos cavalos, as demais figurinhas eram humanas; no caso do rei e da rainha, usando vestimentas luxuosas, no caso dos peões, modestamente vestidos. Coisa original, e que sem dúvida não teria custado pouco. Esse homem deve gostar muito de xadrez, pensou, impressionado: para ele, todos os enxadristas eram pessoas de inteligência superior. De sua inteligência e cultura davam testemunho também os livros das prateleiras: obras em português e também em francês e inglês. Um verdadeiro sonho, pensava Joaquim Maria. Um dia, se tivesse dinheiro, organizaria uma biblioteca como aquela.

Àquela altura, o rapaz estava mais calmo, menos apreensivo. O dono da casa era mesmo muito culto e, provavelmente, boa pessoa. Mas isso não desfazia o mistério: continuava sem saber quem era ele, sem saber onde estava.

O homem voltou, trazendo numa bandeja uma xícara com chá e um prato com biscoitos. A xícara e o prato eram de fina porcelana; os biscoitos, da melhor qualidade. Comendo-os e tomando o chá, Joaquim Maria sentiu-se melhor: boa parte de seu problema era mesmo fome. O homem observava-o atentamente, em silêncio. Um silêncio que a Joaquim Maria perturbava. Criando coragem, dirigiu-se a ele:

– Muito obrigado, meu senhor, pela ajuda que o senhor está me dando... O senhor é muito bondoso, uma santa criatura... Mas... Posso perguntar quem é o senhor, qual a sua profissão?

O homem sorriu, um tênue, triste sorriso:

– Vou lhe responder com uma pergunta... Vou lhe dar uma pista. Diga-me: o que acha você que eu faço na vida?

Essa era uma pergunta a que Joaquim Maria não sabia responder. Que o homem não era um operário, um agricultor, isso parecia evidente: a casa era de alguém que tinha dinheiro, não de uma pessoa pobre. Talvez, como tinha pensado antes, um professor... Mas os professores que o rapaz conhecia eram pessoas alegres, bem dispostas, muito diferentes daquele senhor. Talvez fosse um juiz. Ou alguém importante, um ministro. Mas, nesse caso, onde estariam os assessores, os seguranças?

– Você – prosseguiu o homem – pensou que esta era a casa de um bruxo, não é verdade?

Casa do bruxo? Surpresa: então Joaquim Maria estava dentro da casa que antes estivera olhando de fora, a casa do Cosme Velho! Mas como acontecera isso? Como viera parar ali? Fazia força para se lembrar. Sim, detivera-se diante da casa, perguntara a um escravo "agueiro" sobre o morador do lugar... Mas depois, o que sucedera? Não tinha a menor ideia.

Como que percebendo a confusão do rapaz, o homem disse:

– Você estava observando minha casa, ali da frente; aliás, você não é o único, esta casa chama a atenção das pessoas: há muitas histórias a respeito dela, sempre descrevendo-a como "a morada do bruxo". Você observava a casa e eu observava você, mas por trás da cortina; por isso, você não notou minha presença. Você conversou com um "agueiro", depois sentou, com cara de quem estava passando mal... E aí eu vi você cair

no chão, se debatendo... Saí e trouxe você, desmaiado, cá para dentro. Você está em minha casa. Na casa do bruxo.

Agora estava explicado. O homem já prosseguia, agora com ar divertido:

– Você pode, se quiser, me chamar de Bruxo. Não me importo, até gostaria de ter este apelido. O Bruxo do Cosme Velho, o que é que você acha disto?

Sorriu – um sorriso triste, melancólico. Evidentemente estava brincando. Cara de bruxo ele não tinha, nem parecia, aquela casa, lugar de bruxarias: nada de caldeirões com líquidos estranhos borbulhando, nada de carcaças de animais, nada de mapas astrológicos, nada de imagens estranhas.

Mas alguma coisa de estranho havia naquele homem. Ele parecia ter poderes extraordinários. Como que o confirmando, disse:

– O seu nome eu sei: você é o Joaquim Maria...
O garoto arregalou os olhos:
– Como é que o senhor sabe?
O homem sorriu de novo:
– Eu sei muita coisa, Joaquim Maria. Muita coisa...
Joaquim Maria olhava-o, intrigado. Como podia aquele homem saber o seu nome? Bruxaria? Não. Certamente havia alguma outra explicação. Talvez o próprio Joaquim Maria tivesse dito seu nome, enquanto, ainda tonto, se recuperava da crise. Resolveu esclarecer a dúvida:
– Diga-me uma coisa: por acaso, enquanto eu estava ali tonto, meio desmaiado, eu falei? Eu disse coisas para o senhor?
– Por favor, não me chame de "senhor". Eu sei que sou velho, sou muito mais velho do que você, mas gostaria que ficássemos amigos. E amigos não se tratam um ao outro de "senhor", não é verdade? Portanto, deixe de lado esse tratamento formal. Respondendo à sua pergunta: sim, você falou, você disse coisas. Mas, além disso, acho que sei muita coisa a seu respeito.
– É? E o que é que o senhor... o que é que você sabe a meu respeito?
– Sei que você nasceu aqui no Rio de Janeiro, num lugar conhecido como a chácara do Livramento. Sei que sua mãe era dos Açores, aquele conjunto de ilhas que faz parte de Portugal, e que seu pai, Francisco José, era descendente de escravos. Coisa que você não gosta de lembrar...
Verdade. E sobre aquilo certamente não falara ao homem; era um sentimento que ele guardava só para si. Seus avós, os pais de seu pai, já eram escravos libertos, mas mesmo assim a lembrança da escravidão estava presente. E não podia ser de

outra maneira: havia escravos por toda a parte. Na cidade do Rio de Janeiro, eles eram um terço da população. Ali estavam, varrendo as ruas, transportando cargas, levando água para as casas. Para evitar que tomassem cachaça, alguns deles tinham de usar uma máscara de metal, com buracos para os olhos e para o nariz, mas não para a boca: dessa maneira não tinham como beber. Outros negros usavam uma espécie de grosso colar de metal maciço. Esses eram os fujões; se fugissem de novo, seriam facilmente identificados por aquela grotesca coleira. Não eram raros os caçadores de escravos, gente que se sustentava com o dinheiro da recompensa pela captura dos fugitivos.

Essas coisas deixavam Joaquim Maria triste, envergonhado. E culpado: de alguma maneira escapara àquele destino, mas não deveria fazer alguma coisa para que outros também ficassem livres da escravidão? Uma ideia lhe ocorria: escrever uma história sobre o tema. A história de um homem que, necessitando sustentar o filho recém-nascido, busca um meio de ganhar a vida dedicando-se à caça de escravos fugidos. Captura assim uma mulata que está grávida e que, por isso, lhe implora a liberdade. Pai contra mãe, portanto, e este é o título que ele dará ao conto.

– Eu não censuro você – continuou o homem. – Escravidão é uma coisa terrível. Aliás, qualquer forma de opressão e preconceito é uma coisa terrível, e isso aos poucos o Brasil vai descobrir... Hum, vejo que você está melhor.

Sim, Joaquim Maria sentia-se melhor, recuperado. E com vontade de conversar:

– Muito bonita, a sua casa... – Apontou as prateleiras. – Nossa, você tem livro que não acaba mais. Você leu tudo isso?

— Quase tudo. Gosto muito de ler, Joaquim Maria. Os livros são grandes mestres. Mestres silenciosos, mestres que estão sempre à nossa disposição, dia e noite...

Olhou demoradamente o garoto:

— Mas eu diria que você também gosta de ler. Estou certo?

— Certíssimo — replicou Joaquim Maria, mais uma vez surpreso: o homem realmente sabia muita coisa sobre ele. — Se eu pudesse, passava o dia todo lendo. Mas não posso. Meu pai é pobre, o que ele ganha não dá para o sustento, minha madrasta tem de ajudar trabalhando como cozinheira... E eu mesmo tenho de vender doces.

Sobressaltou-se:

— Meu Deus! Onde está o cesto? O cesto que eu trazia, onde está?

— Calma, calma — disse o homem. — Eu trouxe o cesto aqui para dentro. Está na cozinha. Depois você apanha.

Joaquim Maria suspirou, aliviado. Era só o que lhe faltava, perder aquele cesto, sem ter vendido nem um doce sequer. Agradeceu a gentileza do homem, que, agora estava claro para ele, nada tinha de sinistro. Talvez fosse um solitário, dessas pessoas que não saem de casa e não falam com os vizinhos, sendo por isso consideradas esquisitas; mas bruxo? Bruxo malvado? Não parecia. Resolveu voltar à carga:

— Você mora sozinho aqui?

O homem mirou-o fixo, como se não soubesse se responderia ou não à pergunta. Por fim, disse:

— Moro sozinho, sim, desde que perdi minha esposa. Sou um solitário, portanto. Não é de admirar que histórias estranhas tenham se espalhado a meu respeito... Diga, você ainda acha que eu sou bruxo?

Joaquim Maria riu:

– Claro que não. Mas ainda não descobri qual é a sua profissão. É segredo?

– Não, não é segredo. Tenho uma profissão que para muitos – mas não para você, espero – é estranha: sou escritor.

– Verdade? – Joaquim Maria sentiu o coração bater mais forte. – Um escritor? Um escritor conhecido? Seus livros estão em livrarias?

– Sim... Em algumas livrarias, pelo menos.

– E, desculpe minha ignorância, mas tenho de lhe perguntar, o que é que você escreve?

– Muita coisa. Poemas, contos, romances. E crônicas, para jornais.

Joaquim Maria agora estava intrigado. Se o homem escrevia tanto, se tinha muitos leitores, certamente era famoso.

Claro, o fato de ser famoso não implicava que Joaquim Maria o conhecesse; garoto pobre, ele não saberia dizer quem eram as pessoas importantes no Rio de Janeiro, por exemplo. Ou quem escrevia em jornal: não tinha dinheiro para comprar jornais. Talvez já tivesse visto alguma obra daquele homem numa vitrine de livraria – mas qual o nome dele?

Uma pergunta que, pelo jeito, o homem não queria responder. Por que esse mistério? Joaquim Maria tinha a impressão de que era uma espécie de jogo. Um jogo estranho, mas as coisas que estavam lhe acontecendo agora eram, todas elas, estranhas. O fato é que nunca vira um escritor de verdade, nunca. Muito menos falara com um. Aquela era, portanto, uma oportunidade única. Escritor, para Joaquim Maria, era sinônimo de cultura, de inteligência, de sabedoria; para ele, um escritor certamente tinha muito mais poder do que um bruxo. Como se lesse o pensamento do rapaz, o homem disse:

– Tento fazer bruxaria com as palavras, Joaquim Maria. E às vezes até consigo...

– E como você se tornou escritor? Foi alguma coisa que aconteceu em sua vida?

– Não. Eu me tornei escritor, em primeiro lugar, porque gostava de ouvir histórias. Eu tinha uma madrinha, uma senhora muito boa, que me adorava, e que muitas vezes me contava histórias infantis. Foi ela, também, que me introduziu aos livros. Depois que eu comecei a ler, não parei mais. Como você, eu era de uma família pobre, meu pai não tinha dinheiro para me comprar livros. Eu só podia ler em bibliotecas ou obras emprestadas... Mas, quando lia, que felicidade! Eram novos mundos que eu descobria, novas vidas que eu vivia... E então comecei, eu próprio, a escrever. Poesia, sobretudo. Depois passei para o conto, para o romance...

Joaquim Maria estava impressionado:

– Eu também tive uma madrinha que me contava histórias. E eu também gosto de ler...

– E aposto que você gosta de escrever também...

De novo, o homem estava descobrindo coisas! E coisas das quais Joaquim Maria não falava a ninguém, nem ao pai, nem à madrasta, nem aos amigos, a ninguém. Sim, ele escrevia. Mas escrevia para si próprio. Até então nunca mostrara seus poemas para ninguém. Teria chegado o momento de fazer isso? O homem era um desconhecido, mas era um escritor, um poeta. Sua opinião poderia ser valiosa. Joaquim Maria hesitava, pressionado pelo tempo: ali estava o relógio, marcando as horas, advertindo-o de que tinha de voltar para ir à missa do galo. Mas aquela era uma oportunidade valiosa, uma oportunidade que nunca tivera: estava diante de um escritor, e mais, um escritor que, por alguma razão, parecia receptivo, tratava-o bem. Mais do que isso, e esta era uma significativa coincidência, tinha no bolso um poema, um pequeno poema que havia escrito num momento de tristeza, um momento em que lembrara a mãe, a irmã, a madrinha. Tirou do bolso o papel cuidadosamente dobrado:

– Gosto, sim, de escrever. Gosto muito. E, por acaso, tenho aqui uma coisa que rabisquei, uns versinhos...

– Leia para mim.

Ele desdobrou o papel e ia começar a leitura, mas naquele momento invadiu-o a tradicional timidez:

– Posso ler... Mas, tenho de lhe dizer, acho que não vale a pena... É uma bobagem sem valor...

— Joaquim Maria. Vamos lá, leia o seu poema.
— Bem, se você quer mesmo ouvir... Chama-se "A palmeira".
Leu:

Ó palmeira, eu te saúdo,
Ó tronco valente e mudo,
Da natureza expressão!
Aqui te venho ofertar
Triste canto, que soltar
Vai meu triste coração.
Sim, bem triste, que pendida
Tenho a fronte amortecida,
Do pesar acabrunhada!
Sofro os rigores da sorte,
Das desgraças a mais forte
Nesta vida amargurada!

No momento em que terminou, uma extraordinária emoção apossou-se dele: era a primeira vez que lia um poema seu para alguém, e esse alguém, mesmo escritor, era um estranho, alguém que ele nunca tinha visto e de quem nem o nome sabia. Não se conteve: começou a chorar. O homem olhava-o, em silêncio; e em silêncio estendeu-lhe um lenço, com o qual o menino assoou ruidosamente o nariz. Finalmente perguntou, ainda com a voz embargada:

— E então? O que achou do meu poema? Posso ter esperança de me tornar escritor ou poeta um dia?

O homem olhou-o:

— Seu poema é muito bom. Você é sensível, e sabe expressar seus sentimentos através de palavras, o que é fundamental para quem quer escrever.

Fez uma pausa e continuou:

— E é um poema triste.

— A minha vida é triste — murmurou o garoto.

— Eu sei disso.

— Como é que você sabe?

— É porque, como eu lhe disse, conheço muita coisa de sua história, Joaquim Maria. Infância difícil, pobreza, a perda de pessoas que você amava muito... Mas é assim, Joaquim Maria: a vida muitas vezes castiga a gente...

Uma súbita e inexplicável amargura assaltou Joaquim Maria. Quem era aquele homem, o morador de uma casa confortável, um sujeito bem-sucedido, para falar nos castigos da vida? Aquilo parecia até deboche e despertou nele uma amargura que não conseguiu conter. Sem pensar no que dizia, desabafou:

— Não parece que a vida castigou você. Porque, pelo jeito, você é rico, você vive muito bem...

O homem ouviu-o em silêncio. Depois sorriu, aquele sorriso melancólico que parecia a sua marca registrada:

— Você está julgando com base nas coisas que você vê: a casa, as roupas que eu visto... Mas isso são aparências, Joaquim Maria. Posso lhe garantir que, como você, sei o que é o sofrimento. Como lhe disse, faz pouco tempo perdi minha mulher, minha companheira de muitos e muitos anos. E não tenho filhos. Curioso: escrevi um livro em que aparecia, no final, a seguinte frase: "Não tive filhos, não transmiti a nenhuma criatura o legado da nossa miséria". Talvez em algum momento eu tenha achado essa frase engraçada, irônica, mas não penso mais assim. Eu gostaria de ter tido um filho, Joaquim Maria. Um garoto igual a você...

Igual a mim?, pensou o garoto, assombrado. Era a primeira vez que alguém lhe dizia algo assim. A seus próprios olhos, ele era uma criatura insignificante, um garoto feio, mirrado, meio doente. Mas não era assim que o homem o via. E isso deixava-o comovido. Talvez ele não fosse tão poderoso quanto a Joaquim Maria parecera inicialmente. Talvez fosse apenas um ser humano fraco, desamparado. Não era mais o bruxo; também não era o escritor. Era um ser humano sofrido que estava ali. Sofrido como o próprio Joaquim Maria, que nunca se recuperara da perda da mãe.

– Mas, voltando à literatura – prosseguiu o homem –, acho que você quer me perguntar coisas. Vamos lá, pergunte. Se souber, responderei com todo o gosto.

– Você me perguntou se eu gosto de escrever. Não sei; às vezes é um prazer, às vezes é um sofrimento. Para você também é assim?

– Claro. Porém, mais do que um prazer, ou um trabalho, escrever é viver uma nova experiência, é entrar em um outro mundo, um mundo diferente. No caso do conto e do romance, é um mundo cheio de personagens, de pessoas que criei com a imaginação...

– E que você pode mexer como mexe as peças do jogo de xadrez...

Apontou a mesa com o tabuleiro. O homem achou graça:

– Comparação interessante a sua, Joaquim Maria... De fato, escrever um conto, um romance, é um pouco como mexer as peças do xadrez, o rei, a rainha, os bispos, os peões. Mas o jogo de xadrez tem as suas regras. Na literatura, é diferente. Os personagens como que têm vida própria, você entende? Você cria um personagem, ele vai vivendo diferentes situações, mas de acordo com as suas próprias características: um homem que é ciumento, por exemplo, vê a esposa olhando para outro homem e, claro, ele vai sentir ciúmes, e por causa dos ciúmes ele vai agir de certa maneira. Você perguntará: então é isto, é criar personagens, é inventar histórias? Não. Isso não é suficiente. Você tem de traduzir as histórias em palavras. As palavras são os instrumentos de trabalho do escritor, Joaquim Maria. Por isso, é importante ler: lendo, você aprende com os escritores a usar as palavras...

– E de onde vêm as ideias para as histórias que você escreve?

– Ah, as fontes são muitas: pessoas que conheci, acontecimentos que presenciei...

Apontou para Joaquim Maria:

– Vou lhe fazer uma proposta. Uma proposta literária. Hoje é véspera de Natal, à noite haverá a missa do galo. Pois bem: você seria capaz de imaginar uma história sobre missa do galo, na qual houvesse um personagem mais ou menos de sua idade – digamos, com uns dezessete anos? Uma história envolvendo esse rapaz e uma mulher?

A inusitada proposta deixou Joaquim Maria surpreso – e confuso:

– Uma história de um rapaz de dezessete anos e uma mulher... E que tem a ver com missa do galo...

Ficou alguns minutos em silêncio, refletindo, e por fim disse:

– Bom, poderia ser algo assim: é véspera de Natal, o rapaz prometeu ao pai e à madrasta que vai assistir à missa do galo. Dirige-se para a igreja, mas chega atrasado... A missa já começou, a igreja está cheia... Ele tem de ficar de pé, lá atrás... A seu lado está uma mulher, uma bela mulher... Eles se olham, uma paixão nasce entre eles... Que tal?

O homem sorriu:

– Interessante. Bem interessante. Mas pode ficar mais interessante ainda...

– É? Como?

– Poderia ser algo assim: o nosso rapaz é um estudante, veio do interior e está morando na casa de um parente que é, digamos, escrivão. Esse escrivão é casado com uma senhora chamada Conceição, mas tem um caso com outra mulher, coisa que a esposa, resignada, aceita. Na véspera de Natal, o estudante está na casa, esperando a hora de ir para a missa. Sozinho, está absorvido na leitura, quando de repente aparece a Conceição, usando apenas um roupão. Senta-se, começam a conversar, primeiro sobre livros. O rapaz conta sobre suas leituras, Conceição ouve-o, mirando-o por entre as pálpebras meio fechadas. Ele observa-a: os olhos escuros, os dentes perfeitos, os braços... Falam sobre assuntos variados e sem muita importância: os quadros que pendem das paredes, por exemplo. Por fim, alguém grita, lá fora: "Missa do galo! Missa do galo!". É o amigo do rapaz que veio buscá-lo para a missa. Ele vai, mas não consegue esquecer Conceição. No dia seguinte, encontra-a, ao almoço; ele conta sobre a missa, mas, de novo, é uma conversa absolutamente banal. O estudante volta para sua cidade natal. Quando retorna ao Rio, fica sabendo que o marido de Conceição morreu, e que ela agora mora no Engenho Novo. Não a visita, não a encontra mais. Tempos depois, ouve dizer que Conceição casou de novo.

Calou-se.

– E aí? – perguntou Joaquim Maria.

– E aí? Nada. A história é isso.

– Só isso? – Joaquim Maria, testa franzida.

– Sim. Por quê? O que você esperava?

– Não sei – respondeu Joaquim Maria, decepcionado. – Pensei que a história iria falar de um caso entre o rapaz e a dona da casa. Sim, ela era casada, mas, como você diz, o marido não lhe era fiel; portanto, a Conceição só estaria lhe dando o troco. E com um rapaz de dezessete anos, o que seria uma surpresa...

– E uma esperança para você – replicou o homem. – Afinal, você não está longe dos dezessete, e imagino que não poucas vezes você sonha em ter um caso assim, uma surpresa... Mas não é só você que alimenta fantasias, Joaquim Maria. Os leitores, e as pessoas em geral, esperam por alguma surpresa. No caso, na história que eu proponho a você, a surpresa é exatamente esta: o que se esperava não acontece. Note, porém, que essa surpresa, na verdade, fala de uma coisa real. Não é sempre que, entre um homem e uma mulher, algo se passa, mesmo que as circunstâncias favoreçam uma aproximação, um caso. Muitas vezes os dois ficam ali, contendo o sentimento e a emoção. E aí está o grande tema: o que não acontece é tão ou mais importante do que aquilo que acontece. Na literatura, como na vida, o previsível nem sempre é o melhor, nem sempre é o mais revelador. Escritor bom não é o escritor que diz tudo. Está de acordo?

– Estou – murmurou Joaquim Maria, impressionado. – Mas vou ter de pensar muito sobre isto... Já vi que literatura não é bem o que eu imaginava. Eu achava que era só contar uma história...

– A história é importante. História é o que está nas linhas; mas o que está nas entrelinhas, aquilo que não é dito, que é só sugerido, pode ser mais importante ainda. Isso você vai descobrir quando se apaixonar. Um olhar pode dizer mais do que as palavras.

Ficou em silêncio, olhar perdido. Joaquim Maria mirava-o. Não havia dúvida, era um homem misterioso, aquele. Continuava sem saber o nome dele e já percebera que seria inútil perguntar-lhe. Mas de algum jeito precisava descobrir quem ele era.

— Você disse que escreve para jornais...
— Escrevo.
— Para qual?
— Ah, já escrevi para vários...
— Com seu nome verdadeiro? — A esperança de Joaquim Maria àquela altura era de que o homem dissesse: "Sim, com meu nome verdadeiro, que é...". E aí viria a revelação. Que, no entanto, não chegou a ocorrer:
— Não. Em geral, sob pseudônimo; não gosto de me expor muito. Mas, por outro lado, o jornal tem um público muito grande, e ainda que o pagamento não seja lá essas coisas, sempre reforça meu orçamento. Mas, você sabe, quando a gente escreve para jornal, é preciso tomar certas precauções. Quando comecei, criticava muito o governo; mas depois resolvi que, de preferência, não me envolveria em polêmicas.
— Não deve ser fácil...
— Não é. Aliás, fazer literatura em nosso país não é fácil. Aos 28 anos, eu já tinha livros publicados, escrevia, como disse, para vários jornais, era bem conhecido — e continuava pobre. O jeito era arranjar um trabalho regular, e consegui um emprego como funcionário público. Foi aí que conheci a minha esposa. Ela era portuguesa, uma moça bonita, culta, inteligente. Lia poesia, tinha um álbum de poemas. Era muito diferente das mulheres que eu havia conhecido, que, perto dela, me pareciam vulgares. E uma coisa muito importante: Carolina tinha passado pelo sofrimento, e o sofrimento, quando a gente o enfrenta com coragem, torna-nos melhores. Apaixonei-me.

Ela era quatro anos mais velha do que eu, mas isso não fazia a menor diferença.

– Engraçado... – disse Joaquim Maria.

– O quê?

– Nada, nada... Uma coisa que me ocorreu...

– Que coisa, rapaz? Diga, vamos.

– É que... Eu estava pensando na minha família. Minha falecida mãe também era portuguesa...

– E seu pai era mulato, como eu...

– Como nós...

– É. Como nós.

Ficaram ambos em silêncio.

– Você talvez esteja pensando – disse o homem, por fim – que seu pai e eu, nós dois casamos com mulheres portugue-

sas, brancas – e no meu caso, até mais velha –, por causa de algum sentimento de inferioridade. Vou lhe dizer uma coisa: talvez você tenha razão. Não é fácil, e você sabe disto, ser mulato no Brasil. Talvez a gente se sinta, mesmo, inferior. Talvez tenhamos casado por influência desse sentimento. Mas não é isso o que importa. O que importa é saber se o amor existe. No meu caso, e acho que no caso de seu pai também, era amor, sim. Amor com todas as letras. Minha mulher, Joaquim Maria, foi uma companheira admirável. Eu podia contar com ela sempre, inclusive nos momentos mais difíceis. Carolina era a primeira leitora de minhas obras, dava-me sugestões, ajudava-me em tudo. Como lhe falei, não tivemos filhos, mas isso nos uniu mais ainda.

Sorriu, melancólico:

– Mas vamos voltar à literatura, o assunto que a você, futuro escritor, interessa mais. Então, como estava lhe contando, escrevi poemas, escrevi contos, escrevi crônicas para jornais. Escrevi peças de teatro, também. Teatro, você sabe, é uma coisa que atrai público, sobretudo de classe média. O pessoal gosta de ir para rir um pouco, para chorar um pouco... Eu sou mais da comédia. Agora, tenho de reconhecer que o palco não é o meu chão. Dizem que minhas peças são melhores lidas do que representadas, e eu admito que isso é verdade. Aliás, é um conselho que lhe dou, Joaquim Maria: reconheça as suas limitações. Nem tudo o que você vai escrever será bom. E, quando você se der conta disso, quando os críticos ou as pessoas lhe apontarem seus defeitos, não fique furioso, não agrida. Pergunte-se a si próprio se as críticas ou as opiniões têm fundamento. E, se tiverem fundamento, aceite e procure melhorar no próximo. Certo?

— Certo — disse o rapaz, impressionado: aquilo era uma verdadeira lição de humildade. Vinda de alguém que, ao que tudo indicava, fora bem-sucedido em sua carreira, em seu trabalho, era duplamente importante.

O homem já prosseguia:

— Escrevi romances, vários. Para a minha geração de escritores, e acredito que para a sua também será assim, o romance era o grande desafio. Veja bem, não estou dizendo que o romance é melhor que os outros gêneros. Um conto bem escrito é tão bom quanto um romance bem escrito. Aliás, às vezes é mais difícil acertar no conto do que acertar no romance. Como o romance é mais longo, você pode ter partes boas e partes menos boas, não importa: a obra vai ser julgada pelo conjunto. O conto, não. Como o conto é curto, você não pode se dar ao luxo de ter um trecho que não seja tão bom.

Joaquim Maria escutava com atenção. Sim, ele gostava muito de ler romances, e sonhava com o dia em que escreveria o seu. Precisava saber mais coisas a respeito:

— E qual o tema de seus romances? Sobre o que você escreve?

— Escrevo sobre aquilo que vejo, sobre aquilo que sinto. O que vejo, Joaquim Maria, está aqui nesta nossa cidade de São Sebastião do Rio de Janeiro, a capital federal. Há pessoas que me criticam; dizem que eu ignoro o resto do Brasil. Não, não ignoro. Mas não conheço o resto do Brasil. Conheço o Rio de Janeiro. Que é um lugar importante, inclusive como fonte de histórias. É a sede do poder em nosso país; do poder, do dinheiro... Isso influi muito sobre o modo de vida das pessoas. Aí você vê a competição feroz, as intrigas, as falsidades... Um jogo, como o do xadrez. Aliás, o xadrez lembra muito o Brasil do passado: tem rei, tem rainha. E lembra o Brasil do presente: tem os peões, humildes peões. Mas, voltando à literatura: no começo, eu era muito influenciado pelos escritores românticos; com o tempo, fui me tornando cada vez mais realista. Mais realista e, devo dizer a você, mais irônico, e depois mais amargo. Existe aí a influência dos autores que eu li; por exemplo, o irlandês Jonathan Swift. Céus, era um escritor feroz, Joaquim Maria. Na época em que viveu, século dezoito, a Irlanda, país paupérrimo, era dominada pela Inglaterra; os irlandeses sentiam-se humilhados, oprimidos... Swift interpretou esse sentimento. Como? Escrevendo artigos contra a Inglaterra? Não. Isso seria o óbvio. Em vez disso, escreveu um texto intitulado "Uma proposta modesta para evitar que os filhos dos pobres na Irlanda sejam um fardo a seus pais ou ao país, e para torná-los benefícios ao público". Sabe qual era essa proposta? Transformar as criancinhas irlandesas pobres em comida para os ingleses...

– Que horror! – exclamou Joaquim Maria, indignado. – Não me diga que você escreve coisas desse tipo...

– Não. A tanto não chego. Meu humor é mais melancólico, porque eu sou um melancólico. Costumo dizer que escrevo com a pena da galhofa e a tinta da melancolia... Disse-me um amigo que lê minhas obras rindo, mas termina-as pensativo. O que, para mim, é um elogio.

Ouviu-se um miado, e um gato entrou na sala. Um gato comum, aparentemente companheiro do dono da casa, porque o homem tomou-o no colo e pôs-se a acariciá-lo.

– Este é o Sultão, meu grande amigo. Com o Sultão, posso contar sempre. Até para a inspiração. Escrevi um capítulo de romance baseado nele. É assim: o personagem está doente, tem um delírio, e se vê transportado através do tempo por um hipopótamo, os séculos passando, rapidamente, um atrás do outro. Só que o hipopótamo, na verdade, é o gato desse homem. Por causa da doença, ele vê coisas que não existem.

E arrematou:

— Literatura é isto, meu caro Joaquim Maria: através do delírio de um personagem, você mostra a sua imaginação. É ou não um ótimo truque?

5 | *Sete horas da noite: ainda na casa do Cosme Velho*

O relógio deu as horas novamente. Joaquim Maria assustou-se: sete da noite, já! Precisava voltar. Sim, às vezes se demorava vendendo doces; já chegara à casa de São Cristóvão depois da meia-noite. Mas sabia que, quando isso acontecia, o pai e a madrasta ficavam preocupados. Mais: não poderia deixar de ir com eles à missa do galo. Mas a verdade é que simplesmente não notara a passagem do tempo. Aquela conversa com o homem – que continuava para ele um desconhecido – empolgava-o; estava, por assim dizer, vivendo uma aventura. Que, disso estava seguro, mudaria sua vida.

Ouvindo o relógio soar, o homem consultou o seu próprio relógio de bolso.

– Sete em ponto – disse, com satisfação. – Gosto de pontualidade. Estou mais para inglês do que brasileiro...

– Eu preciso ir embora – disse Joaquim Maria.

– Certo – concordou o homem. – Mas primeiro vamos comer alguma coisa, para você não passar mal no caminho de volta. Eu tenho uma cozinheira, mas ela não veio hoje, de modo que eu mesmo prepararei uma refeição. Uma ceia de Natal, por assim dizer. Você não vai recusar o convite para acompanhar um solitário em sua ceia de Natal, vai?

– Claro que não – disse Joaquim Maria, embaraçado. – Mas você não costuma celebrar o Natal? Com parentes, com amigos, digo...

– Não. Em primeiro lugar, como lhe disse, vivo sozinho. E o fato é que já não vejo o Natal do mesmo modo como o via na infância... Naquela época eu, como você, não perdia a missa do galo. Depois, acho que fui ficando cético. Tempos atrás, escrevi um "Soneto de Natal". Um soneto é uma forma clássica de poesia, e eu queria algo clássico. Meu tema: um homem que quer lembrar os Natais de sua infância e para isso escreverá um poema. Falta-lhe, porém, inspiração e só lhe ocorre uma frase: "Mudaria o Natal ou mudei eu?".

– "Mudaria o Natal ou mudei eu?" – O rapaz sorriu, encantado. – É uma boa pergunta. E, se me permite dizer, um grande verso...

– Bom que você gostou. Sua opinião é importante para mim. Você é jovem, você me faz lembrar a minha própria juventude. Que é uma fase importante na vida, Joaquim Maria. Muita gente acha que só maturidade conta. Bobagem. Como disse o poeta inglês Wordsworth, "o menino é pai do homem". Gostei tanto dessa frase que acabei por usá-la como título de um dos capítulos de um romance, *Memórias póstumas de Brás Cubas*.

Levantou-se:

– A propósito, você não precisa se preocupar com a qualidade da comida: talvez eu não seja bom escritor, talvez não saiba trabalhar bem com as palavras, mas com ingredientes de cozinha estou inteiramente à vontade. Enquanto preparo o jantar, você pode ficar à vontade. Sinta-se em casa. Dê uma olhada por aí, consulte os livros, se quiser...

Entrou na cozinha, fechando a porta atrás de si.

Joaquim Maria andou pela sala, olhando os livros. Ali estavam as obras daquele Jonathan Swift, que o homem tinha mencionado, algumas em inglês, outras traduzidas para o português. Mas onde estariam os livros do próprio dono da casa? Nas prateleiras, havia vários títulos em português, e alguns autores lhe eram familiares, mas outros nomes pareciam desconhecidos; um deles poderia ser o homem com quem estivera conversando. Foi até a mesa de trabalho. Muitos papéis ali, como já tinha notado, pilhas de manuscritos e de provas de livros, mas nenhum volume impresso, nada que identificasse o dono da casa como escritor.

Deixou o gabinete e passou para outro aposento, que era a sala de jantar. De novo, móveis finos, elegantes. Uma mesa de madeira torneada e entalhada, os pés representando criaturas estranhas, monstros lendários, sem dúvida; cadeiras igualmente entalhadas e torneadas, com encostos e assentos em palhinha. Havia também um aparador, um móvel com portas e gavetas; o que chamava a atenção era o frontão, que tinha no centro a escultura de uma cabeça de javali.

Subindo uma escada, Joaquim Maria chegou ao andar de cima. Em um dos aposentos a porta estava aberta: era o quarto que tinha sido do casal e onde, aparentemente, só o homem dormia. A cama, não muito larga, tinha cabeceira e pés em hastes de ferro com decorações de latão polido. Havia uma mesa de cabeceira, com portas e gaveta, e tampo de mármore branco; um armário, um roupeiro.

Joaquim Maria estava impressionado. Na casa em que morava, uma casa humilde, rústica, não havia nada daquelas coisas. Os poucos e precários móveis haviam sido confeccionados pelo pai. Para o menino, aquela era uma casa de rico. Com um suspiro, desceu a escada e dirigiu-se para os fundos da residência. Ali, uma porta envidraçada dava para o jardim. Lugar bonito; por entre as plantas viçosas, voejavam centenas de vaga-lumes, uma visão que lhe pareceu maravilhosa, digna de uma noite de Natal. *Deus*, pensou, *isto dá um poema*, e de imediato uma frase veio-lhe à mente: "Bailando no ar, gemia inquieto vaga-lume". Frase que o encantou, mas o deixou intrigado: por que estaria inquieto, o vaga-lume? Por que gemia? Sim, um poema estava nascendo em sua cabeça; a casa podia não ser um reduto de bruxaria, mas, de alguma maneira, o inspirava, sobretudo aquele jardim.

6 | *Sete horas e vinte minutos: uma aparição inesperada*

Caminhou pelas aleias ensaibradas, iluminadas por um magnífico luar, sempre olhando os vaga-lumes e repetindo, baixinho: "Bailando no ar, gemia inquieto vaga-lume". De súbito ocorreu-lhe que aquilo, aquele verso, podia ser o começo de uma narrativa sob forma de poema: o vaga-lume baila no ar, invejoso da estrela que está no céu; a estrela, por sua vez, tem inveja da lua, que suspira por ser como o sol, e este, o que quer? Quer ser um vaga-lume. No fundo, estava falando de si próprio. Sim, ele também era um vaga-lume, o portador de uma luzinha que podia ser modesta, insignificante, mas era a sua luzinha. Talvez ele nunca chegasse a ser alguém importante; não seria estrela, não seria lua, não seria sol. Mas se pudesse, de alguma maneira, deixar sua marca no mundo, isso seria o bastante.

Neste momento, um susto: os arbustos à sua frente agitaram-se e alguém pulou dali.

Uma garota.

Teria uns dezessete anos, ela. Era alta, morena, cheia de corpo; o vestido de chita, meio desbotado e muito justo, ressal-

tava-lhe as formas generosas. Os cabelos eram longos e ela usava-os trançados, como era moda então. Morena, olhos claros e grandes, nariz reto e comprido, tinha a boca fina e o queixo largo. Mas o que mais impressionava Joaquim Maria eram os olhos; profundos, lembravam-lhe por alguma razão o oceano agitado, em ressaca.

Ele estava paralisado. Não que a garota fosse muito bonita; comparada às alunas da escola, era um tipo mais comum, mais vulgar. Mas alguma coisa nela fascinava-o. Joaquim Maria teve a certeza de que estava encontrando a moça de seus sonhos, a mulher de sua vida.

Um sentimento que ela não parecia partilhar; estava claramente nervosa, agitadíssima:

– Preciso falar urgente com você – sussurrou. – Siga-me.

A garota precisava falar com ele? Mas como, se não se conheciam, se nunca tinham se visto? Surpreso, mas subitamente fascinado pela possibilidade de uma aventura (mais uma!), ele obedeceu. Ela conduziu-o até o fundo do jardim. Ali, junto a um muro, havia um banco de madeira.

– Vamos sentar ali – disse ela.

Sentaram-se, ele absolutamente assombrado com o que estava acontecendo.

– Antes de mais nada, como é o seu nome? – perguntou ela.

Quando estava nervoso ou emocionado, Joaquim Maria gaguejava, e naquele momento foi exatamente o que aconteceu:

– Jo... Jo...

– Ih, você é gago. Que coisa. É José? É Jonas?

Ele acenou que não com a cabeça:

– É Jo... Joa...

– Joaquim? É Joaquim?

Ele fez que sim com a cabeça.

– É um prazer conhecer você, Joaquim. Meu nome é Capitolina, mas todos me conhecem como Capitu. Você também pode me chamar assim...

Ele mirava-a, completamente fascinado. Coisa que ela não parecia notar:

– Você é amigo do dono da casa? Parente dele?

Joaquim Maria, que finalmente recuperara a fala, disse que não:

– Na verdade, estou aqui para receber uns conselhos dele... Uns conselhos sobre literatura, sobre como escrever...

– Ah, você é escritor? Não, escritor você ainda não é, você é muito moço para isso. Você deve ser aprendiz de escritor...

Apressou-se a acrescentar:

– Não se ofenda, aprendizes podem dar grandes mestres...

Riram, os dois, e ela continuou:

– Esse homem é bem conhecido, você não é o primeiro que o procura. Mas vamos direto ao assunto. Não tenho muito tempo, preciso voltar para casa, meus pais nem sabem que eu saí. Eu quero lhe pedir uma coisa, uma coisa muito importante para mim. Talvez você a consiga... Mas primeiro preciso lhe contar um pouco sobre mim própria. Como lhe disse, todo mundo me conhece por Capitu. Moro aqui perto, com meus pais, e foi assim que fiquei conhecendo o dono desta casa. De início, não ousava me aproximar dele. Sou de uma família pobre e ele é, como você sabe, autor de vários livros de sucesso. Diferente de você, Joaquim, eu não gosto de escrever, e nem sou muito de ler, mas desde criança eu tinha um sonho. Sabe qual?

– Qual?

– Eu queria ser personagem de um livro. Queria que um escritor fizesse uma história em que eu fosse a personagem, compreende? E queria que a minha história fosse publicada num livro, um livro grande, bonito, com uma encadernação de luxo... Você pode achar absurdo, mas esse era o meu sonho. Cada um tem o seu sonho. Você, pelo jeito, quer escrever. Eu queria me ver num livro. Não precisava ser minha história verdadeira; ao contrário, eu até preferia que fosse coisa inventada, desde que o escritor me dissesse: você foi a minha inspiração, fiz de você a heroína de uma linda história... Quando descobri que o dono desta casa escrevia, não descansei mais: precisava falar com ele, precisava fazer-lhe esse pedido. Naquele tempo, a esposa dele ainda estava viva. Era uma mulher muito boa, gentil, amável. Encontrei-a uma vez na feira, fiz questão de ajudá-la a carregar as compras. Convidou-me para tomar chá e a partir daí comecei a frequentar a casa. Só que ele não me dava atenção. É, como você já deve ter percebido, um homem fechado, reservado. Mas, modéstia à parte, Joaquim, desde cedo aprendi como atrair a atenção dos homens, moços ou velhos, feios ou bonitos. Minha mãe me chamava de assanhada, chegou a me bater. A mim pouco importava. Para aproximar-me do escritor, eu faria qualquer coisa. Comecei a conversar com ele, e logo vi que se interessava por mim. Uma vez disse que eu tinha olhos de ressaca... Eu nem sei se isso é elogio, mas fiquei impressionada... Fiz com que ele prometesse: escreveria um livro sobre mim.

– E ele escreveu?

– Escreveu. Escreveu, publicou, me deu um exemplar com dedicatória... Eu li. Não gostei nada, Joaquim, nada. Para começar, quem conta a história é um homem, um tal de Bentinho.

O Menino e o Bruxo

Era para ser um romance baseado na minha pessoa – e quem fala é um homem, veja só. No início, Bentinho e Capitu – ele usou o meu apelido, veja só – são jovens. Bentinho, órfão de pai, foi criado pela mãe e protegido pelo resto da família. A mãe quer que se torne padre, e eu só lamento que o escritor não tenha atendido o desejo dela – teria me poupado de um vexame. Entra a tal Capitu – digo a "tal" Capitu porque não me reconheço nela. O Bentinho se apaixona pela garota, manda o seminário às favas: forma-se em Direito. Ele tem um amigo, um ex-colega de seminário chamado Escobar, que acaba se casando com Sancha, amiga de Capitu. Bentinho e Capitu também casam e têm um filho, o Ezequiel. O Escobar morre; no enterro, Bentinho acha estranho o jeito de Capitu olhar o cadáver. Quer dizer: esse Bentinho é um homem meio perturbado, não é? Os ciúmes vão aumentando, porque Bentinho acha o Ezequiel cada vez mais parecido com Escobar. Chega a planejar o assassinato da esposa e do filho, seguido pelo seu suicídio, imagine só! Só não faz isso porque lhe falta coragem. Capitu viaja com o filho para a Europa, onde morre anos depois. Ezequiel, agora um moço, volta ao Brasil para visitar o pai, que continua com suas suspeitas. Ezequiel morre numa viagem ao Oriente Médio. Só sobra o tal Bentinho, um tipo tão esquisito que até recebe o apelido de Dom Casmurro. Esse é o livro que o homem escreveu. Um horror, Joaquim, um horror.

– A história é triste mesmo – disse Joaquim Maria. – Mas não entendo por que você ficou contrariada. Está certo, você – melhor dizendo, a Capitu da história – morre, mas para mim fica claro que o Bentinho era um ciumento terrível.

– Isso para você – Capitu, mal contendo a indignação. – Para você. Porque, da maneira com que o nosso grande escritor contou a história, não se fica sabendo se Capitu traiu ou não traiu. Quer dizer: além de morrer, a tal Capitu sai da história com má fama, ou pelo menos com uma fama duvidosa. Não é o cúmulo? É o cúmulo, Joaquim. Joaquim, eu quero viver um grande caso de amor, uma paixão que transforme a minha vida. É o meu sonho. Você acha que estou pedindo demais? Diga, você acha que estou pedindo demais?

Joaquim Maria não respondeu. Olhava para a garota. E aí se deu conta: estava apaixonado. Paixão era uma coisa que nunca tinha experimentado, que só conhecia dos livros, dos romances... E agora acontecera com ele, e de forma súbita, o legítimo amor à primeira vista. Num impulso, puxou-a para si

e beijou-a: um beijo desajeitado, porque era o primeiro de sua vida, mas um beijo longo, ardente, o beijo de quem descobria o amor. E depois ficou ali, ofegante, o coração batendo doidamente. Não disse nada: palavras, naquele momento, eram inteiramente desnecessárias.

Capitu olhava-o, surpresa. A ela também o inesperado gesto do rapaz perturbara, e muito. Finalmente, balbuciou uma pergunta:

– Você... você me ama, Joaquim?

– Se eu amo você? Capitu, você é a mulher de minha vida!

– Mas recém nos conhecemos, você não sabe nada sobre mim...

– Não preciso saber, Capitu. Não preciso saber nada sobre você, não preciso saber quem você é, onde mora, quem são seus pais, não preciso nem saber se você existe de verdade, se isto não passa de sonho, ou de fantasia ou de alucinação – aliás, sofro de ataques, durante os quais vejo coisas estranhas. Mas agora é meu coração que está falando, e ele nunca falou tão alto. Se você existe de fato, e eu desejo ardentemente que você exista, é com você que eu quero viver!

Tamanho era o fervor com que dizia essas palavras, que a garota se emocionou: seus olhos estavam rasos d'água.

– Que coisa, Joaquim. Que coisa... Eu já tive namorados, dois, mas nenhum dos dois me falou com tanta emoção, com tanto sentimento. Confesso que você me comoveu, Joaquim.

– E você? – perguntou ele. – Você gosta de mim, Capitu?

Fez-se um silêncio. Ele a mirava ansiosamente, mas ela baixou os olhos e ficou em silêncio. Por fim, mirou-o:

– Não sei, Joaquim. Para dizer a verdade, ainda não sei. Está tudo acontecendo muito depressa... A gente precisa se conhecer mais. E eu preciso estar segura de que você está mesmo dizendo a verdade. Você tem de provar que me ama.

— Provar que amo você? — Ele, surpreso, aflito. — Mas você não percebe o meu amor? Como é que eu vou prová-lo?

Os olhos dela brilharam:

— Existe uma maneira — disse, excitada. — Trata-se de uma coisa muito importante para mim. Se você consegui-la, terei certeza de que você me ama de fato, de que você é o homem com quem sempre sonhei.

— E que coisa é essa? — perguntou ele, ansioso.

— O livro. O livro que o seu amigo escreveu sobre mim e que me causou tanto desgosto.

— E o que é que você quer com esse livro?

— Eu quero que ele volte atrás. Quero que mande recolher esse livro, e que escreva outro, também inspirado em mim, mas contando a história de maneira diferente. A Capitu do livro precisa ter um grande caso de amor. Se é o Bentinho ou o Escobar, a mim não importa, não faz diferença. Mas quero ver a Capitu casada e bem casada. Com filhos: não só o Ezequiel, outros, três, quatro, sendo duas meninas. O Ezequiel até pode ser o primeiro, mas ele não deve ser o rapaz complicado que o livro mostra. E a coisa mais importante: nada de mortes. O Escobar não pode morrer, o Ezequiel não pode morrer e a Capitu, claro, não pode morrer.

Pegou a mão do rapaz:

— Faça isso, Joaquim. Fale com esse escritor. Eu sei que você pode convencê-lo. E, se você o convencer, terá convencido a mim também. Serei sua, Joaquim. Serei a sua Capitu.

Antes que ele pudesse responder, ouviu-se a voz do homem, dos fundos da casa:

– Joaquim Maria! Onde é que você se meteu? Venha, rapaz, o jantar está pronto!

– Chegou o momento – cochichou a garota. – O momento em que você vai provar que me ama. Eu tenho de ir, ele não pode me ver aqui. Depois que você falar com ele, venha para o fundo do jardim e assobie. Eu estarei por perto e virei correndo. E aí serei sua!

Segurou-lhe a cabeça com as duas mãos e beijou-o com fúria. Depois, com uma agilidade surpreendente, pulou o muro.

– Espere! – gritou Joaquim Maria. Queria perguntar a ela qual o nome do escritor. Mas a garota já sumira.

7 | *Oito horas da noite: conversa decisiva*

— Onde é que você estava? – perguntou o homem, intrigado.
– Visitando o seu jardim – respondeu Joaquim Maria, esforçando-se por aparentar naturalidade. – É um jardim muito bonito.
– Eu mesmo cuido dele – disse o homem. – Aquele grande escritor francês, Voltaire, disse que a pessoa deve cuidar de seu jardim, ou seja, desenvolver suas capacidades, seus talentos. Eu cuido da minha literatura, ou seja, sigo o conselho do Voltaire, mas cuido também do jardim propriamente dito. E cuido muito bem, tenho uma vocação de jardineiro... Escute: vamos jantar? Como você mesmo disse, está ficando tarde, você precisa voltar...
Entraram, dirigiram-se para a sala de jantar, cuja mesa agora estava coberta com uma toalha branca de renda, e sobre ela, pratos, copos, talheres, uma jarra com limonada, outra com vinho tinto. Tudo de muito bom gosto.
– Estou longe de ser um bom anfitrião – disse o homem –, mas esforcei-me bastante. Fiz carne assada, batatas cozidas...

Aliás, a batata é um alimento simples, mas muito simbólico, ao menos para mim. Num de meus livros, falo de duas tribos famintas. Há um campo de batatas, que pode, no entanto, alimentar apenas uma das tribos. O que fazer? Se as tribos dividirem pacificamente as batatas entre si, ambas morrerão de fome. De modo que entram em guerra. O perdedor receberá ódio ou compaixão; agora, ao vencedor, as batatas! Que lhe parece isso, meu jovem amigo?

– Parece – replicou Joaquim Maria – uma coisa cruel.

– Quando eu tinha sua idade, também pensava assim. Mas este é o mundo em que vivemos, o país em que vivemos: um país de ricos e pobres, de exploradores e explorados. Felizmente, Joaquim Maria, não temos de lutar pelas batatas: fiz uma porção generosa. Dá para nós dois e ainda sobra. Você não corre o risco de se desnutrir. Sente, sente por favor.

Trouxe as duas travessas, uma com carne, outra com batatas. Joaquim Maria serviu-se generosamente: estava com uma fome canina. Quanto à comida, era simples mas muito boa.

– Você é um ótimo cozinheiro – disse, boca cheia.

O homem sorriu:

– Bondade sua, Joaquim Maria. Em matéria de culinária, não passo do trivial. Já em literatura, minhas ambições são um pouco maiores...

Joaquim Maria sentiu que o momento tinha chegado. Pousando o garfo e a faca na mesa, pigarreou e disse:

– Soube que você escreveu um romance, tendo como tema o ciúme... É verdade?

O homem olhou-o de maneira estranha:

– É verdade.

– Sei também que o romance baseou-se em uma pessoa real, que você conhece...

– Isso não é novidade, Joaquim Maria. Frequentemente os personagens de ficção são baseados em pessoas reais, como você mesmo vai descobrir. No caso, inspirei-me numa garota que conheci, que aliás mora aqui perto.

– A Capitu?

O homem olhou-o. Deveria estar surpreso, mas não era surpresa que aparecia em seu olhar, e sim curiosidade, uma fatigada curiosidade:

– É. Por quê? Você a conhece?

– Conheço. Ela... ela é minha prima... Ela me disse que às vezes conversava com um escritor, só que eu não sabia que o escritor era você, veja que coincidência...

Que não sabia mentir, ficou evidente pelo tom forçado dessa afirmativa; mas, se o dono da casa percebeu-o, preferiu ignorar:

– Ah, é sua prima... Eu não a vejo há muito tempo. Na verdade, só conversei com ela uma ou duas vezes. Sua história pessoal não me interessava, Joaquim Maria. Sabe o que me interessava nela? Os olhos. Olhos oblíquos, dissimulados, olhos de ressaca... Havia uma tragédia em potencial naquele olhar. Fui atrás dessa tragédia e daí a história.

O rapaz criou coragem:

– Pois dessa história ela não gostou nada...

O homem serviu-se de vinho:

– Não gostou? Foi isso que ela disse a você? Que não gostou do que eu escrevi?

– Foi o que ela disse: que não gostou do que você escreveu, não gostou nada.

– Lamento. Mas o escritor tem de ser fiel à sua imaginação. Eu não escrevi sobre a Capitu real, escrevi sobre a Capitu personagem. É diferente.

– Pode ser... Mas ela diz que o livro é muito triste. Um casamento que não dá certo, muita gente morre...

– Muitos casamentos não dão certo, Joaquim Maria. E, do ponto de vista da ficção, os casamentos que não dão certo são mais significativos. Os fracassos, as tragédias, permitem-nos desvendar a alma humana. Como aquela história da missa do galo, da qual falamos antes. Eu imaginei, como personagem, uma mulher infeliz no matrimônio. Por quê? Porque se ela fosse feliz, não haveria história: ela teria saído com o marido e o seu diálogo com o rapaz não existiria. E, sim, muitos personagens morrem na minha história. A morte faz parte da vida... Mais batatas? Você ainda não é um vencedor, mas tem direito...

– Batatas, não... Mas uma coisa eu gostaria de lhe pedir...

– O quê? – O homem deteve-se, a colher na mão.

– Eu queria que você reescrevesse o seu romance sobre a Capitu.

– Reescrever o meu romance? – O homem olhou-o, espantado.

– É. E reescrevê-lo de outra maneira: como uma história de amor, que termine bem... Nem precisa ser um romance, pode ser um conto, como aquele cujo enredo você me descreveu... E aí você o publica em algum jornal, mesmo pequeno...

O homem sacudiu a cabeça, serviu-se de mais vinho:

– Você deve estar brincando comigo, Joaquim Maria. Ou então você está apaixonado pela Capitu. Isso que você me pede é um completo absurdo. Reescrever um livro é coisa que os escritores às vezes fazem; mas eu não posso escrever, ou reescrever, a história como me pedem. Tenho de escrever como eu a sinto. E isso vale como lição para você também. Faça suas as palavras do grande Shakespeare: "E isto acima de tudo: sê fiel a ti mesmo".

Joaquim Maria sentia-se cada vez mais angustiado. No desespero, perguntou:

— Escute: e se nós dois, juntos, reescrevêssemos esse romance? Eu poderia lhe dar algumas ideias...

O homem sacudiu a cabeça:

— É uma proposta amável, Joaquim Maria, mas eu não posso aceitá-la. Há autores que escrevem obras em colaboração, mas não é meu caso: sempre trabalhei sozinho e não pretendo mudar agora.

— E... E se eu escre-escrevesse o li-livro so-sozinho? Ba-baseado na mes-mesma pe-pessoa, mas com outra his-história? — O rapaz agora começava a gaguejar, o que o deixava ainda mais nervoso e revoltado: até gagueira aquele maldito homem estava provocando nele.

O homem deu de ombros:

— Por mim... Eu não sou proprietário da ideia, Joaquim Maria. Você pode, sim, escrever um livro sobre a Capitu. Mas você tem certeza de que está em condições de escrever um romance? Você me disse que está apenas começando...

O garoto sentiu crescer a raiva dentro de si. Com seu raciocínio lógico, direto, o homem o perturbava de uma forma como nunca tinha acontecido antes. Batatas à parte, aquilo lhe parecia era uma atitude agressiva, partindo... de quem? De um bruxo, decerto. Só um bruxo seria capaz de tanta maldade.

Pôs-se de pé, trêmulo de raiva:

— Chega, ouviu? Chega! Você pensa que é o Todo-Poderoso, que controla a vida das pessoas! Você pensa que pode infelicitar uma pobre garota cujo único crime foi lhe pedir que escrevesse a vida dela! Quem é você? Pelo amor de Deus, diga: quem é você? Você tem um nome, por acaso?

O homem olhava-o, fixo:

– Acho melhor você ir embora, Joaquim Maria. Seu pai e sua madrasta vão esperar você na Candelária, você não deve chegar tarde.

– Não! – berrou o rapaz. – De maneira alguma! Só saio daqui depois que você me disser o seu nome!

– Não, Joaquim Maria. Não farei isso. Não devo lhe dizer o meu nome. Para seu próprio bem, é melhor que você não saiba quem eu sou.

– Mas eu quero saber, ouviu? Eu quero saber! Nunca mais virei aqui – mas pelo menos quero saber o seu nome!

O homem pousou sobre a mesa o cálice que segurava, mirou o rapaz em silêncio. Depois disse, em voz calma, pausada:

– Muito bem. Você quer saber mesmo o meu nome? Pois eu me chamo Joaquim Maria Machado de Assis.

Joaquim Maria achou que não tinha ouvido bem:

– Que história é essa? Joaquim Maria Machado de Assis sou eu, você sabe...

– Sei – disse o homem. – Mas eu também me chamo Joaquim Maria Machado de Assis. Porque eu sou você. Eu sou você, velho. Daqui a algumas décadas você se olhará no espelho e é a mim que você verá. Um senhor de idade, barba e cabelos grisalhos, bem vestido, com uma sobrecasaca preta, camisa branca, gravata. Um senhor usando pincenê, e que, do espelho, fitará você com melancolia. Esse homem será um escritor conhecido, um funcionário público respeitado.

E como Joaquim Maria continuasse perplexo, continuou a explicar:

— Você deve estar se perguntando como isso foi possível. É que, quando você perdeu os sentidos, você viajou no tempo — como se estivesse montado naquele hipopótamo mágico do qual falei. Você chegou ao futuro, mas agora terá de voltar, terá de ser o menino que você é. O menino, Joaquim Maria, é pai do homem. Eu só poderei existir se você prosseguir a sua trajetória. E você prosseguirá na sua trajetória. O seu destino está sendo traçado, não por um bruxo, mas por você mesmo.

Atordoado com o que acabara de ouvir, Joaquim Maria levantou-se. Não sabia o que fazer; naquele momento, parecia-lhe, a única que poderia ajudá-lo seria Capitu. Pensou em correr para o jardim, em procurá-la, contar o que tinha acontecido, dizer-lhe que não se preocupasse mais, que ele escreveria o livro com que ela tanto sonhava. Agora que conhecia o seu futuro, agora que sabia o que se tornaria, o romance de Capitu parecia-lhe ao alcance da mão: poderia começá-lo naquela noite mesmo. Quando terminasse, entregaria a ela o manuscrito como testemunho de sua paixão. Ela o aceitaria, claro, e seriam felizes para sempre.

Sem sequer se despedir do homem, do velho Joaquim Maria, dirigiu-se para a porta, que era o caminho de sua libertação.

Neste momento, apareceu ali o gato, o Sultão.

Parado na porta, ele bloqueava o caminho. Impaciente, Joaquim Maria ia saltar por cima dele, mas, para sua surpresa, o animal começou a crescer, a aumentar vertiginosamente de tamanho e a mudar de forma. De repente, já não era o tranquilo bichano que o rapaz tinha visto antes: era um animal enorme, monstruoso mesmo: vasta bocarra, couro espesso. Um hipopótamo, claro. E aí, como num passe de mágica, ele viu-se no áspero dorso do animal. As luzes tinham se apagado, a casa sumira; deslocavam-se com rapidez vertiginosa na escuridão de uma noite profunda. Era, sem dúvida, a viagem no tempo de que o escritor tinha falado. Era para o passado que se dirigia, disso tinha certeza; mas que passado seria esse? Passado recente, passado distante? Pré-história? Subitamente o deslocamento cessou. Joaquim Maria foi projetado do lombo do bicho e jogado a distância. Mas não se machucou: caiu sobre um gramado. Ali ficou imóvel, imerso na escuridão, no silêncio dos tempos.

8 | *Revelações ocorrem, e antes mesmo da meia-noite*

— Acorde, garoto! Acorde!

Joaquim Maria mexeu-se, resmungou alguma coisa. A voz insistia:

– Vamos, acorde! Você não pode ficar aí no chão!

O rapaz abriu os olhos. Diante dele um homem – um cavalheiro, sem dúvida, a julgar pelas roupas elegantes, pela cartola, pela barba bem cuidada – mirava-o, visivelmente alarmado. Sem saber o que dizer, Joaquim Maria olhou ao redor. Estava no mesmo lugar em que se detivera pela manhã: a rua do bairro Cosme Velho, agora iluminada por lampiões; era noite fechada, agora. A seu lado, o cesto com os doces. Diante dele, a casa em que vivera a sua extraordinária aventura, mas totalmente às escuras. Na rua, passava um gato. Sultão? Antes que pudesse olhá-lo melhor, o bichano correu e desapareceu.

Com esforço, levantou-se, cambaleou, quase caiu. O homem teve de ampará-lo:

– Você está doente? – perguntou, solícito. – Quer que eu traga um médico?

— Não é preciso — murmurou, numa voz rouca, fraca. — Foi só um mal-estar, coisa passageira. Às vezes me dá isso: desmaio, depois acordo, não sei onde estou... Mas acabo me recuperando.

Olhou o homem:

— Desculpe perguntar, mas, como é que o senhor me encontrou?

— Para sorte sua, eu sou um homem atento. Eu vinha na minha caleça, a caminho do centro da cidade. Espiando pela janelinha, vi dois pés aparecendo por trás dos arbustos: os seus pés... Outro não o teria visto, estou certo disso, mesmo porque os arbustos ocultavam seu corpo... Está se sentindo melhor?

— Um pouco melhor, sim... Pelo menos, já dá para ficar de pé...

— Sei que não tenho nada a ver com isso, mas... O que é que você estava fazendo por aqui?

Rapidamente, Joaquim Maria inventou uma história:

— Vim fazer uma visita ao dono dessa casa aí em frente...

O homem olhou a casa, olhou o garoto, e observou, com evidente desconfiança:

— Mas a casa está vazia, garoto. Aliás, que eu saiba, está vazia há muito tempo. Os proprietários colocaram-na para alugar, mas até agora não apareceu nenhum candidato. Ouvi dizer que estão pedindo muito dinheiro...

Aquilo deixou Joaquim Maria sem jeito:

— Então me deram o endereço errado... A casa está vazia, o senhor disse? Desculpe perguntar, mas como é que o senhor sabe disso?

— Porque moro perto daqui. E sou muito bem relacionado. Em Cosme Velho e Laranjeiras, conheço todo mundo.

– Todo mundo? – Joaquim Maria mirava-o, ansioso. – Então, o senhor deve conhecer uma garota chamada Capitolina, a Capitu. Ela tem uns dezessete anos, é alta, morena, cheia de corpo... Usa um vestido de chita, meio desbotado, muito justo... É morena, usa tranças, tem olhos grandes e um olhar de ressaca...

O homem olhava-o, cenho franzido.

– Acho que você não se recuperou bem – disse, por fim. – Você está me parecendo meio estranho... Não, não conheço nenhuma Capitu. Aqui por perto não mora nenhuma garota com esse nome, posso lhe assegurar. E que história é essa de "olhar de ressaca"?

Uma enorme angústia apossou-se de Joaquim Maria. De súbito, ele se dava conta de que tudo aquilo que acontecera era o resultado de uma espécie de delírio. Não, ele não encontrara o velho escritor que um dia seria; e não, não conhecera nenhuma garota chamada Capitu, uma garota com olhar de ressaca.

Tonto, teve de se apoiar no poste de iluminação. O que mais uma vez deixou o homem alarmado:

– Escute, garoto: você não está se sentindo bem, eu estou vendo. Deixe-me levá-lo ao médico. Aqui perto mora um clínico muito bom; ele é meu amigo, atenderá você de boa vontade...

– Não! – Joaquim Maria, assustado. – Não, por favor, não! Não preciso de médico nenhum. A crise está passando, sinto-me bem melhor. Além disso, tenho de ir embora, meu pai e minha madrasta estão me esperando... Que horas são?

O homem puxou o relógio do bolso do colete:

– Faltam dez minutos para as dez.

– Oh, Deus – gemeu Joaquim Maria. – Como é que vou chegar lá?

– Lá onde? – perguntou o homem.

— Na igreja da Candelária...

— Igreja da Candelária? — O homem olhou-o incrédulo. — Rapaz, você está com sorte mesmo. É para lá que eu vou, para a missa do galo. Posso levar você, na minha caleça, que está ali.

De fato, a pouca distância estava o veículo, puxado por dois cavalos, com um cocheiro na boleia. Ainda vacilante, Joaquim Maria apanhou o cesto, que estava a seu lado, e declarou-se pronto.

— O que é que você tem aí? — perguntou o homem, apontando o cesto.

— São doces, feitos por minha madrasta. Muito bons...

— É para vender?

— É. Mas não tive sorte, não vendi nada...

— Tem pastéis de Santa Clara?

— Tem. E tem bolinhos de Coimbra, e ovos moles de Aveiro...

— Mas são os meus doces preferidos! Os meus e os da minha família! Agora quem está com sorte sou eu. Passe o cesto para cá: quero comprar tudo.

— Tudo? — Joaquim Maria não podia acreditar no que estava ouvindo.

— Tudo. Tenho família grande, vários filhos, vários netos, e este cesto de doces pode ser um bom presente para eles. Vou lhe pagar. Isto aqui chega?

Mostrava uma cédula que extraíra do bolso. Era muito mais do que o rapaz poderia esperar. De imediato entregou o cesto.

Entraram na caleça, acomodaram-se no confortável banco forrado de couro.

— Vamos, então, para a Candelária — disse o homem ao cocheiro.

Os cavalos puseram-se em movimento. A caleça rodava por ruas desertas; as casas, porém, estavam iluminadas, e através das janelas de algumas delas podiam-se ver as famílias sentadas à mesa, na ceia de Natal.

Joaquim Maria estava quieto, encolhido em seu canto. Tentava entender o que se passara; difícil, porque confusas lembranças giravam, em turbilhão, em sua cabeça. Sim, tivera um delírio, isso agora lhe parecia certo, mas havia coisas que, mesmo sendo produtos de delírio, permaneciam nítidas em sua memória. Sobretudo a figura de Capitu. Jamais a esqueceria, disso tinha certeza. Porque a verdade é que ele se apaixonara por ela; apaixonara-se por uma figura inexistente, mas que instantaneamente se tornara o seu primeiro e grande amor.

– Então – disse o homem – você ia visitar alguém numa casa vazia... Como aconteceu isso? Quem lhe deu esse endereço errado?

– Foi um primo meu... – disse Joaquim Maria. A mentira, naquele momento, parecia-lhe o único jeito de escapar de perguntas embaraçosas. – Era para ser a casa de um escritor...

– E, desculpe lhe perguntar, mas o que é que você queria com esse tal de escritor?

– Eu só queria falar com ele. Queria pedir uns conselhos. Gosto muito de escrever... Além de vender doces, sou aprendiz de escritor.

– Deveras? – O homem agora parecia interessado. – E o que é que você escreve? Poemas, histórias?

– Sim. Poemas, histórias...

– Mesmo? E o que é que você está escrevendo agora?

O interesse do homem parecia genuíno, mas Joaquim Maria sentia-se incomodado: mentir na ficção tudo bem, mas mentir para uma pessoa que o estava ajudando e, sobretudo, mentir na véspera de Natal, aquilo não lhe parecia muito certo.

– De momento, nada. Mas tenho na cabeça a ideia de um conto, que um dia planejo escrever.

– É? E já tem título, esse conto?

– Acho que sim. Será "Missa do galo".

– Claro, na véspera de Natal você só podia pensar numa história sobre missa do galo... E como é o seu conto? Resuma a história para mim, vamos.

Resumir a história? Joaquim Maria engoliu em seco: para aquilo ele não estava preparado. Tinha inventado aquela lorota do conto, e agora o homem queria saber do que se tratava. Mas de repente, e para surpresa dele próprio, a resposta brotou, absolutamente espontânea:

– Pois é assim: o personagem principal – é ele quem conta a história – é um estudante, tem dezessete anos. Veio do interior e está morando na casa de um parente, que é escrivão. Esse escrivão é casado com uma senhora chamada Conceição, mas tem um caso com outra mulher, coisa que a esposa, resignada, aceita. Na véspera de Natal, o estudante está na casa, esperando a hora de ir para a missa. Sozinho, está absorvido na leitura, quando de repente aparece a Conceição, usando apenas um roupão. Senta-se, começam a conversar, primeiro sobre livros. O rapaz conta sobre suas leituras, Conceição ouve-o, mirando-o por entre as pálpebras meio fechadas. Ele observa-a: os olhos escuros, os dentes perfeitos, os braços... Falam sobre assuntos variados e sem muita importância: os quadros que pendem das paredes, por exemplo. Por fim, alguém grita, lá fora: "Missa do galo! Missa do galo!". É o amigo do rapaz que veio buscá-lo para a missa. Ele vai, mas não consegue esquecer Conceição. No dia seguinte, encontra-a, ao almoço; ele conta sobre a missa, mas, de novo, é uma conversa absolutamente banal. O estudante volta para sua cidade natal. Quando retorna ao Rio, fica sabendo que o marido de Conceição morreu, e que ela agora mora no Engenho Novo. Não a visita, não a encontra mais. Tempos depois, ouve dizer que Conceição casou de novo.

– Só isso? – O homem parecia desapontado. – Não acontece nada entre o rapaz e a mulher?

– Não... Só aquela conversa.

O homem ficou em silêncio, testa franzida, olhando para fora. Evidentemente estava ansioso para fazer um comentário; e evidentemente não estava seguro se deveria fazê-lo. Por fim, decidiu-se. Voltou-se para Joaquim Maria:

– Escute, rapaz. Se você me permite, vou lhe dar um conselho. Não entendo muito de literatura, não sou professor, não sou crítico; sou advogado, aliás muito bem-sucedido, com a graça de Deus. Mas gosto de ler, e, como leitor, atrevo-me a lhe recomendar: procure escrever coisas movimentadas, histórias em que aconteçam coisas e que terminem de maneira inesperada, surpreendente. Desculpe-me, mas seu conto me decepcionou. Eu esperava um final mais emocionante, mais surpreendente... E não acontece nada, só conversa, como você mesmo diz. Está de acordo?

– Estou – replicou Joaquim Maria, sorrindo. Não estava zangado com as observações do homem; ao contrário, sentia-se subitamente animado, eufórico até. – O senhor tem razão: os leitores, e as pessoas em geral, esperam por alguma surpresa. No caso da história que planejo escrever, a surpresa é exatamente esta: o que se esperava não acontece. Note, porém, que essa surpresa, na verdade, fala de uma coisa real. Não é sempre que, entre um homem e uma mulher, algo se passa, mesmo que as circunstâncias favoreçam uma aproximação, um caso. Muitas vezes os dois ficam ali, contendo o sentimento e a emoção. E aí está o grande tema: o que não acontece é tão ou mais importante do que aquilo que acontece. Na literatura, como na vida, o previsível nem sempre é o melhor, nem sempre é o mais revelador. Agora sou eu que lhe pergunto: o senhor está de acordo?

– Estou – disse o homem, impressionado. Fez uma pausa e acrescentou: – Pensando bem, acho que você tem jeito para a literatura. Você não encontrou o escritor que procurava, mas talvez isso nem seja necessário. Você já está até em condições de ensinar, inclusive a leitores veteranos como eu, que

sou bem mais velho do que você: para mim você não passa de um menino...

– Lembrando que, como disse um grande poeta, o menino é pai do homem...

O homem ainda ia fazer um comentário, mas, naquele momento – faltavam dez minutos para a meia-noite –, chegavam à igreja da Candelária, àquela hora já lotada de fiéis. O cocheiro deteve os cavalos, os dois desceram. Joaquim Maria agradeceu efusivamente o favor e despediu-se: tinha de achar o pai e a madrasta no meio daquela gente toda.

– Eu é que lhe agradeço – replicou o homem. – Agradeço os doces e a lição de literatura que você me deu.

Apertaram-se as mãos, e o garoto ia entrar no templo, mas o homem ainda tinha algo para lhe perguntar:

– Você não me disse como se chama...

– Joaquim Maria Machado de Assis, para servi-lo.

– Joaquim Maria Machado de Assis – repetiu o homem, e seu rosto se abriu num sorriso: – Não esquecerei esse nome. Tenho certeza de que ainda ouvirei falar muito de você.

Segunda parte

E o que aconteceu depois?

Joaquim Maria não contou ao pai e à madrasta o que acontecera, o delírio pelo qual passara; não havia necessidade de afligi-los com uma coisa tão perturbadora. Disse apenas que tivera de ir a bairros mais distantes e por isso demorara tanto. O importante é que estava chegando a tempo para o ofício religioso. Ah, sim, e vinha com a boa notícia de que havia vendido todos os doces:

– Meu presente de Natal para vocês – cochichou, com orgulho.

A missa do galo naquele ano foi muito bonita. No sermão, o padre foi tão eloquente, disse coisas tão bonitas que, de repente, Joaquim Maria começou a soluçar. O pai olhou-o inquieto, perguntou o que estava havendo; o rapaz tranquilizou-o: chorava porque estava feliz, só por isso; chorava porque, apesar de tudo, apesar da doença, apesar da pobreza, a vida era boa. E ficaria melhor ainda quando ele, finalmente, se tornasse um escritor. O ano que em breve começaria seria para ele um marco importante.

Foi mesmo. Naquele ano de 1855, a vida do jovem transformou-se radicalmente. Deixou a casa do pai e mudou-se para o centro da cidade. Empregou-se na tipografia do escritor e editor Francisco de Paula Brito. Ali era impresso um pequeno jornal, a *Marmota Fluminense*, no qual Joaquim Maria começou a publicar seus poemas (o primeiro foi "A palmeira"). Depois, tornou-se colaborador em vários jornais e revistas: *O Paraíba*, de Petrópolis, o *Correio Mercantil*, o *Diário do Rio de Janeiro*, as revistas *O Espelho* e *A Guanabara*... Engajou-se em política, defendendo ideias liberais e atacando a incompetência e a corrupção do governo. Suas crônicas eram muito agressivas, mas aos poucos foi optando pelo humor e pela ironia.

Arranjou um emprego público, e chegou a ter altos cargos na administração federal; casou com a portuguesa Carolina Xavier de Novais, irmã de seu amigo, o poeta Faustino Xavier de Novais; não tiveram filhos, mas o casamento foi muito feliz e durou mais de três décadas. Carolina, mulher culta, era uma grande companheira, e ajudava-o no trabalho literário. Os livros iam se sucedendo: *Contos fluminenses*, *Ressurreição*, *A mão e a luva*, *Helena*, *Iaiá Garcia*, *Memórias póstumas de Brás Cubas*, *Quincas Borba*, *Dom Casmurro*... Junto vinha o reconhecimento: foi eleito presidente da Academia Brasileira de Letras, que fundara com Joaquim Nabuco.

A morte de Carolina, em 1904, abateu-o profundamente. Escreveu, na ocasião, um poema que assim começava:

Querida, ao pé do leito derradeiro
Em que descansas dessa longa vida,
Aqui venho e virei, pobre querida,
Trazer-te o coração de companheiro.

Um coração que agora batia só. E à solidão juntava-se a doença: continuava sofrendo daquelas crises misteriosas, que se acompanhavam de perdas de consciência e de visões estranhas. Disso ele não falava para ninguém; como muitos outros, a enfermidade era para ele motivo de constrangimento, de vergonha mesmo.

Nos últimos anos de sua vida, Joaquim Maria Machado de Assis morou no número 18 da rua Cosme Velho. Era uma casa relativamente grande, de dois andares. No térreo, a porta, ladeada por duas janelas; no andar de cima, três portas, com pequenos balcões gradeados. Na lateral, um outro balcão, maior e coberto. Tanto as portas como as janelas tinham, na parte superior, frontões decorados. Também era decorado o beiral do telhado. Diante da casa, e aos lados, um jardim, separado da rua por uma mureta e grades. Entrava-se por um portão, que quase sempre estava fechado. Nos fundos, outro jardim, com árvores e arbustos.

Viúvo, sozinho, doente, o escritor passava os dias em casa, lendo ou escrevendo. De vez em quando, levantava-se da mesa de trabalho e ia espiar a rua, quase sempre deserta, por entre as cortinas fechadas. Ficava muito tempo ali, como se esperasse a chegada de alguém. Quem? Essa era uma pergunta à qual ele não sabia, ou não queria responder.

Um dia, no final de 1907, estava, como de costume, olhando para fora, quando de repente se sentiu mal, muito mal: era uma crise que se aproximava. E não havia ninguém para ajudá-lo. Em pânico, pensou em abrir a janela e gritar por socorro, mas antes que pudesse fazer qualquer coisa, desmaiou, tombando sobre um divã.

Por quanto tempo ficou ali, inconsciente, não saberia dizer. Finalmente, recuperou os sentidos e, ao abrir os olhos, estremeceu.

Diante dele estava um rapaz magro, de rosto comprido e olhar triste, vestindo roupas modestas e carregando um cesto. Joaquim Maria, claro.

– Então você voltou – disse o escritor, numa voz rouca, fraca.

– Eu estava observando você lá da rua – disse o rapaz. – E aí vi você cair, enrolado na cortina. Imediatamente entrei. Acho que você estava me esperando, porque tanto o portão como a porta estavam abertos.

Ajudou o homem a se levantar. Sentaram-se, o escritor no divã, o jovem numa cadeira diante dele. Por alguns minutos ficaram em silêncio, olhando-se, ele com sua expressão melancólica de sempre, o jovem sorrindo:

– Deus, você é triste mesmo. Tinha esquecido de como você era triste.

– Há motivos para isso...

– Eu sei. A sua viuvez, a doença. Mas não vamos falar disso agora. Vamos lembrar aquela noite em que eu estive aqui, na véspera do Natal de 1854. Você recorda aquela noite, Machado de Assis?

– E como poderia esquecê-la, Joaquim Maria? Aquela noite mudou a minha vida. Você mudou minha vida; porque o menino, você sabe, é pai do homem. E você, se lembra da nossa conversa?

– Claro que lembro. Você me falou sobre o que é escrever; você me desafiou a escrever um conto sobre a missa do galo...

– Só que eu já o escrevera.

– Mesmo? Gostaria de ver esse conto...

Com esforço, o homem levantou-se; foi até a mesa de trabalho, abriu uma gaveta e tirou de lá algumas folhas manuscritas, cuidadosamente dobradas.

— Aqui está o original da "Missa do galo".

— Leia para mim — disse o rapaz.

— Não posso, estou me sentindo mal, meio tonto... Não tenho condições. Leia-o você...

— Por favor, leia: estou lhe pedindo. Quero ouvir a história contada por você mesmo.

O homem suspirou, esboçou um pálido sorriso:

— Muito bem. Já que você insiste...

Colocou o pincenê, desdobrou as folhas. Pigarreou:

— Começa assim: — *Nunca pude entender a conversação que tive com uma senhora, há muitos anos, contava eu dezessete, ela trinta. Era noite de Natal. Havendo ajustado com um vizinho irmos à missa do galo, preferi não dormir; combinei que eu iria acordá-lo à meia-noite.* Agora, se você me permite, vou ler só os trechos mais importantes.

Prosseguiu:

— *A casa em que eu estava hospedado era a do escrivão Meneses, que fora casado, em primeiras núpcias, com uma de minhas primas. A segunda mulher, Conceição, e a mãe desta acolheram-me bem, quando vim de Mangaratiba para o Rio de Janeiro, meses antes, a estudar preparatórios. Vivia tranquilo, naquela casa assobradada da rua do Senado, com os meus livros, poucas relações, alguns passeios. A família era pequena, o escrivão, a mulher, a sogra e duas escravas. Costumes velhos. Às dez horas da noite toda a gente estava nos quartos; às dez e meia a casa dormia. Nunca tinha ido ao teatro, e mais de uma vez, ouvindo dizer ao Meneses que ia ao teatro, pedi-lhe que me levasse consigo. Nessas ocasiões, a sogra fazia uma careta, e as escravas riam à socapa; ele não respondia, vestia-se, saía e só tornava na manhã seguinte. Mais tarde é que eu soube que o teatro era um eufemismo em ação. Meneses trazia amores com uma senhora, separada do marido, e dormia fora de casa uma vez por semana.* Fica claro que, de certo modo, Conceição aceitava essa situação, não é? Boa Conceição! *Chamavam-lhe 'a santa', e fazia jus ao título, tão facilmente suportava os esquecimentos do marido. Em verdade, era um temperamento moderado, sem extremos, nem grandes lágrimas, nem grandes risos.* Uma pessoa comum, portanto. Alguns até a achariam medíocre... Continuando: *O próprio rosto era mediano, nem bonito nem feio. Era o que chamamos uma pessoa simpática. Não dizia mal de ninguém, perdoava tudo. Não sabia odiar; pode ser até que não soubesse amar.*

– "Pode ser até que não soubesse amar"... Ótimo, isso. Realmente você é um mestre das palavras, Machado de Assis. Sou suspeito para falar, mas, acredite, estou sendo absolutamente sincero.

– Se escrevo bem, Joaquim Maria, é porque aprendi com você; o menino é pai do homem... Mas vamos adiante. O narrador continua, dizendo que o escrivão saíra e a família se recolhera; e que ele optara por ficar lendo até a hora da missa. Às onze da noite, de repente, aparece Conceição: *Vestia um roupão branco, mal apanhado na cintura. Sendo magra, tinha um ar de visão romântica.* E aí eles começam a falar sobre literatura, sobre livros que haviam lido. *Conceição ouvia-me com a cabeça reclinada no espaldar, enfiando os olhos por entre as pálpebras meio cerradas, sem os tirar de mim. De vez em quando passava a língua pelos beiços, para umedecê-los. Quando acabei de falar, não me disse nada; ficamos assim alguns segundos. Em seguida, vi-a endireitar a cabeça, cruzar os dedos e sobre eles pousar o queixo, tendo os cotovelos nos braços da cadeira, tudo sem desviar de mim os grandes olhos espertos.* Aí a Conceição caminha pela sala e detém-se: *Pouco a pouco, tinha-se inclinado; fincara os cotovelos no mármore da mesa e metera o rosto entre as mãos espalmadas. Não estando abotoadas, as mangas, caíram naturalmente, e eu vi-lhe metade dos braços, muito claros, e menos magros do que se poderiam supor.* A conversação prossegue, sempre sobre temas corriqueiros, banais. Quanto ao rapaz, está indeciso: *Queria e não queria acabar a conversação; fazia esforço para arredar os olhos dela, e arredava-os por um sentimento de respeito.* Finalmente, o amigo vem chamá-lo para a missa do galo e ele se vai. Passa aquele verão em Mangaratiba. *Quando tornei ao Rio de Janeiro, em março, o escrivão tinha morrido de apoplexia. Conceição morava no Engenho Novo, mas nem a visitei nem a encontrei. Ouvi mais tarde que casara com o escrevente juramentado do marido.* E assim termina o conto chamado "Missa do galo"...

Colocou o manuscrito sobre a mesa, fitou o rapaz:
– E então? Que lhe parece o conto?
– Ótimo. Você conseguiu mostrar como essa mulher era reprimida, sem coragem de assumir suas paixões... Ótimo.
Ficou em silêncio um instante e continuou:
– Coisa curiosa. Naquela noite, enquanto você preparava o jantar, fui a seu jardim e ali fiquei maravilhado com o voejar dos vaga-lumes. Aquilo me deu ideia para um poema que, na realidade, nada tem a ver com a natureza. É um poema que falava das ambições humanas...
– Pois eu levei em frente essa ideia e escrevi o poema chamado "Círculo vicioso", que foi publicado há alguns anos. É assim:

Bailando no ar, gemia inquieto vaga-lume:
"Quem me dera que fosse aquela loura estrela,
Que arde no eterno azul, como uma eterna vela!"
Mas a estrela, fitando a lua com ciúme:
"Pudesse eu copiar o transparente lume,
Que da grega coluna à gótica janela,
Contemplou, suspirosa, a fronte amada e bela!"
Mas a lua, fitando o sol com azedume:
"Mísera! Tivesse eu aquela enorme, aquela
claridade imortal, que toda a luz resume!"
Mas o sol, inclinando a rútila capela:
"Pesa-me esta brilhante aurora de nume...
Enfara-me esta azul e desmedida umbrela...
Por que não nasci eu um simples vaga-lume?"

O rapaz sorriu:
– O sol tinha vontade de ser um simples vaga-lume... E você? Você que ficou um escritor famoso, um jornalista conhecido,

você gostaria de voltar a ser aquele garoto feio, magro, de olhar melancólico, aquele garoto que um dia você foi e que agora está diante de você?

– Não sei. Não sei se eu poderia voltar a ser você. Eu já não sou aquele rapaz que escreveu o poema sobre a palmeira. Os tempos mudam, Joaquim Maria. Como muda o Natal. "Mudaria o Natal ou mudei eu?" Essa pergunta tem uma resposta fácil, Joaquim Maria: mudamos todos. Mudou o Natal, mudamos nós... O país mudou; a escravidão foi abolida, proclamou-se a república. É verdade que a situação dos negros não mudou de todo; já não usam aquele infame colar de ferro no pescoço, mas continuam pobres, discriminados.

Uma pausa e prosseguiu:

– Desculpe minha amargura. Você é jovem, deveria ser poupado destas queixas...

Esforçou-se por sorrir:

– Mas vamos mudar de assunto. O que trouxe você lá do passado? Você veio atrás do Bruxo do Cosme Velho?

– Você não é exatamente um bruxo, Machado de Assis...

– Sei disso. Mas por que você veio, então?

– Vim para vê-lo. Mas também...

Hesitou um instante e depois continuou:

– Vim em busca da Capitu. Nunca pude esquecer aquela garota alta, morena, cheia de corpo, usando um vestido de chita, meio desbotado, muito justo... Nunca pude esquecer seus cabelos, as tranças... E, sobretudo, nunca pude esquecer os olhos grandes, o olhar de ressaca... Apaixonei-me por ela, Machado de Assis. E quero reencontrá-la, preciso reencontrá-la. Portanto, se você me dá licença, vou até o jardim...

O homem olhou-o, com profunda amargura:

– Não faça isso, Joaquim Maria Machado de Assis. Não faça. Você vai ter uma profunda desilusão. Fique com a Capitu do livro, do *Dom Casmurro*. Não vá ao jardim, não me abandone.

O jovem hesitou. Por fim, disse:

– Não. Perdoe-me, mas farei aquilo que meu coração manda: vou em busca da Capitu.

Levantou-se, dirigiu-se para a saída. O escritor fechou os olhos. Antes que o rapaz transpusesse a porta, seu caminho foi bloqueado: um gato ali surgira. E o gato sentou-se na soleira, como se fosse um mudo sentinela.

O rapaz voltou-se para o homem, que agora abrira os olhos, surpreso:

– É o Sultão?

– É o Sultão – respondeu o homem. – Aquele Sultão que você já conhece, e que inspirou uma passagem do livro

Memórias póstumas de Brás Cubas, um livro escrito, como eu costumo dizer, com a pena da galhofa e a tinta da melancolia... Aquela passagem em que um misterioso hipopótamo transporta o narrador através do tempo. Com uma rapidez tal que *entraram os objetos a trocarem-se; uns cresceram, outros minguaram, outros perderam-se no ambiente; um nevoeiro cobriu tudo, – menos o hipopótamo que ali me trouxera, e que aliás começou a diminuir, a diminuir, a diminuir, até ficar do tamanho de um gato. Era efetivamente um gato. Encarei-o bem; era o meu gato Sultão, que brincava à porta da alcova, com uma bola de papel...* E aqui está o gato, Joaquim Maria. A fantasia transformou-o numa criatura assombrosa, mas ele não passa de um gato, simples e humilde como é a realidade em que nós vivemos. Podemos sair dessa realidade de vez em quando, e a literatura nos ajuda a fazer isso, mas temos de voltar ao que é real. Capitu só existe em seus sonhos, Joaquim Maria. Não existe na vida real. Você não encontrará ninguém no jardim. Só um ou outro inquieto vaga-lume...

Ficaram um instante em silêncio. O rapaz olhava para o gato:

– Você é muito bonito, Sultão – disse, por fim. Riu: – Mas você não vai se transformar em hipopótamo e me levar através do tempo, vai?

Voltou-se para o homem:

– Vou procurar Capitu, Machado de Assis. Encontrá-la ou não, não é importante. O importante é procurar.

– Está bem – murmurou o escritor, numa voz quase inaudível. – Siga seu caminho.

Uma nova vertigem apossou-se dele, e teve de sentar-se no divã. Fechou os olhos e por alguns minutos ali ficou, imóvel. Quando abriu os olhos, o garoto tinha sumido.

Joaquim Maria Machado de Assis morreu meses depois, na madrugada do dia 29 de setembro de 1908, na mesma casa do Cosme Velho onde passara os derradeiros anos de sua vida. Ao redor do leito, estavam seus muitos amigos, na maioria escritores como ele, todos abalados, alguns vertendo sentidas lágrimas.

Naquele momento de emoção, nenhum deles espiou a rua através das cortinas cerradas. Quem o tivesse feito, teria visto ali parado, sob um lampião de luz, um rapaz mulato, magrinho, feio, segurando um cesto. Por alguns instantes, o rapaz ficou ali, imóvel. Finalmente, com um suspiro, foi embora. Seguia-o um gato. Um gato comum, humilde.

Um gato chamado Sultão.

moacyr scliar *Bastidores da criação*

Joaquim Maria Machado de Assis é praticamente uma unanimidade. Nas listas dos autores brasileiros, feitas por renomados estudiosos do tema, aparece quase sempre como o maior dos nossos escritores. Por razões óbvias: em primeiro lugar, Machado conseguiu, em sua obra, combinar a grandeza do estilo com um tom coloquial que até hoje o torna acessível, o que nem sempre se pode dizer dos clássicos. Depois, e muito importante, Machado é um escritor visceralmente brasileiro. O que pode até surpreender. Afinal, Machado nunca saiu do Rio; seus personagens eram representantes da classe média da então capital federal. Acontece que essa classe média e essa cidade eram a caixa de ressonância da brasilidade, um microcosmo no qual se reproduziam os dramas do país. Dramas que Machado soube captar em função de uma sensibilidade especial, resultante de sua condição de mulato, de descendente de escravos, de menino doente (era epiléptico e gago). E retratou esses dramas com "a pena da galhofa e a tinta da melancolia" (palavras dele), captando a bipolaridade brasileira: a tristeza, derivada da pobreza, da escravatura, do genocídio indígena, da desigualdade social, e que foi ao menos em parte neutralizada pelo Carnaval, pelo futebol e, por último mas não menos importante, pela própria ironia machadiana. Evocar Machado é evocar o Brasil. E escrever sobre Machado como personagem é um desafio. Por quê? Em primeiro lugar, porque boa parte da vida do escritor é um mistério: pouco se sabe do Machado menino.

Mas isso, que para um biógrafo é um problema, para um escritor de ficção torna-se uma oportunidade. Podemos completar as lacunas na biografia de Machado com nossa imaginação. Foi o que me propus fazer com este *O menino e o bruxo*. Trata-se de comparar o menino Machado com o adulto Machado, aquele que depois seria conhecido como o Bruxo do Cosme Velho, uma alusão ao bairro onde ele veio a morar. Parti de uma ideia que me pareceu tão intrigante quanto encantadora: e se o menino Machado encontrasse o homem Machado? Esse encontro se dá quando, devido à doença neurológica de que era portador, o jovem Machado, então com 15 anos, vê-se na casa do Cosme Velho. O encontro se repete quando o envelhecido Machado, através de uma alucinação similar, vê-se diante do rapaz que ele um dia foi.

Essa ideia me foi sugerida por uma frase do poeta inglês Wordsworth, que Machado usou em *Memórias póstumas de Brás Cubas*: "O menino é pai do homem". O poético pensamento nos sugere que, no menino, já está presente o adulto que ele será. Uma ideia que um contemporâneo de Machado, o médico vienense Sigmund Freud, veio a comprovar através da psicanálise: se uma pessoa quer saber exatamente quem ela é, tem de pensar na criança que foi. Parti do princípio de que o escritor Machado já estava presente naquele garoto que mal frequentou o colégio, que era pobre e que vendia doces para ajudar no sustento da casa. Para refazer essa trajetória, li várias biografias do escritor e reli muitas de suas obras. O que me deu imenso prazer: a literatura de Machado nos encanta. E revela muito sobre a extraordinária pessoa que ele foi.

Biografia

Moacyr Scliar nasceu em Porto Alegre, 1937. Foi sua mãe, uma professora primária, que o alfabetizou e despertou no futuro escritor o amor pela literatura.

Scliar gostava de lembrar que em sua família de imigrantes do Leste europeu todos eram bons contadores de história. E essa alegria em compartilhar experiências de vida e *causos* foi decisiva para conduzi-lo ao mundo dos livros.

E bota "mundo" nisso. A obra de Scliar conta com mais de oitenta títulos. E em quase todos os gêneros, do romance à crônica, do ensaio à literatura infantil. Tantos e tão variados títulos fizeram de Scliar um dos autores mais respeitados no Brasil e no exterior, premiado muitas vezes e com leitores em países como Suécia, Estados Unidos, Israel, França e Japão. Em 2003, o escritor ingressou na Academia Brasileira de Letras. Uma grande honra, sem dúvida: o coroamento de uma vida inteira dedicada a entreter e a encantar leitores de todas as idades, em especial os jovens.

Formado em Medicina, Scliar começou na literatura com um volume intitulado *Histórias de um médico em formação*.

Alguns anos depois, no final da década de 1960, começou chamar a atenção do público com os contos de *O carnaval dos animais*. Nesta obra, apareceram aquelas características que marcaram para sempre os livros do autor: enredos fantásticos, personagens irreverentes e muito humor. Mas um humor diferente, meio estranho, incomum. Tanto que uma de suas maiores influências sempre foi o escritor checo Franz Kafka (1883-1924), que escreveu *A metamorfose* (a famosa história do caixeiro-viajante que acorda transformado num inseto gigantesco) e, por incrível que pareça, era também um autor que apreciava histórias de humor.

Acervo do autor

Apesar de ter viajado pelo mundo, Scliar sempre morou em sua cidade natal. Era em Porto Alegre que ele vivia com sua mulher, Judith, e com o filho, o fotógrafo Beto. O que não quer dizer que apenas a capital gaúcha foi o cenário de suas obras. Como você poderá conferir, neste e em outros volumes da coleção, a imaginação de Scliar também tinha um passaporte cheio de carimbos: ele foi um autor universal.

Moacyr Scliar faleceu em 2011.

Por dentro da história

Um país em busca de si mesmo

Na época em que Machado de Assis nasceu, a escravidão ainda existia, e ele, pobre, mulato, não teve meios para frequentar regularmente escolas. Pouco se sabe de como foi sua luta para se tornar um grande leitor, um jovem brilhante, e para se destacar nas rodas mais cultas da Corte. Mas ele conseguiu.

Em 1841, com catorze anos, o filho de D. Pedro I foi proclamado maior de idade e assumiu o trono. Inicia-se então um período em que, no plano cultural e literário, o Brasil vai empreender uma intensa busca por sua identidade. Surgem Gonçalves Dias, Joaquim Manuel de Macedo e, depois, José de Alencar. A terra que acabara de se desligar de Portugal e de seu passado colonial teve em seus romancistas e poetas os grandes artífices de sua jovem identidade.

Machado de Assis começa a publicar em 1855, em plena Era Romântica. E é por essa época que descobre o que quer da vida e vê seu talento e esforço começarem a ser reconhecidos.

Página do jornal *Marmota Fluminense*, no qual Machado de Assis fez sua estreia literária, com o poema "A palmeira".

Um enredo de transformações

As mudanças começavam a ganhar velocidade. Em 1870, eclode a Guerra do Paraguai, com enormes consequências para o país. Menos de duas décadas depois, em 1888, uma mancha de séculos, a escravidão, é abolida. E um ano mais tarde é proclamada a República.

Machado de Assis amadurece e alcança o auge de sua carreira literária nesse país que aos poucos ia mudando de caráter e feições. Indo do lampião a óleo de baleia, passando pelo de gás, à luz elétrica. Do Romantismo ao Naturalismo. Vendo insurreições populares como a de Canudos, no Nordeste, e a Revolta da Vacina – o povo insurgindo-se contra a obrigatoriedade da vacinação em massa – em 1904, na capital da República. E sempre mantendo-se como uma referência para os demais escritores e intelectuais, um mestre.

Fotografia de Machado de Assis sem retoques, considerada uma das mais fiéis.

O país deixa para trás a candura e a elegância afrancesada da *Belle Époque* e entra no século XX. Tudo Machado comenta, ilustra; de tudo faz tramas, personagens. Como se alertasse seus leitores para a necessidade de acompanhar as mudanças do país, de tornar mais inteligente nossa reflexão sobre nós mesmos.

A multidão de admiradores no enterro de Machado de Assis é um testemunho do seu prestígio ainda em vida.

Pobre, gago, mulato

Joaquim Maria Machado de Assis nasceu no Morro do Livramento, bairro da Saúde, Rio de Janeiro, em 21 de junho de 1839, na humilde casa do pintor Francisco José de Assis e da lavadeira Maria Leopoldina Machado de Assis. O pai era mulato, filho de escravos que haviam sido libertos, e a mãe era de Açores.

O Morro do Livramento retratado por Alfred Martinet em 1852. Aqui nasceu Machado de Assis.

Pouco se sabe da vida de Machado até quando ele começa a surgir nos meios literários, com 16 anos. É incerto que ele tenha frequentado escola. Perdeu uma irmã, que morreu tuberculosa, quando ele tinha mais ou menos seis anos de idade, e a mãe, de sarampo, antes de completar dez anos. Conta-se que sua madrinha, Maria José Barroso – que morreu quando

ele tinha seis anos –, dona da chácara onde ficava o Morro do Livramento, teria sido importante em seus primeiros anos, por acolhê-lo generosamente em sua casa. E também que já na infância ele teria tido as primeiras perturbações da doença que o atormentaria pela vida afora, a epilepsia.
Além disso, era gago, tímido. Mas tinha dentro de si um grande amor pela leitura, que alimentava onde e quando podia.

Ataque de epilepsia sofrido por Machado de Assis, em 1907.

Começa a ascensão
Com menos de vinte anos, contando com o reconhecimento, entre outros, do romancista Manuel Antônio de Almeida, autor de *Memórias de um sargento de milícias*, Machado torna-se

figura constante nas rodas dos grandes escritores. Mais adiante, Quintino Bocaiúva convida-o para ser revisor de textos no importante jornal *Diário do Rio de Janeiro*, e já vemos Machado escrevendo peças de teatro, frequentando apresentações teatrais, o canto lírico, os saraus.

No ano de 1860, morre Casimiro de Abreu, de tuberculose, aos 21 anos — mesma idade de Machado na época da morte de Casimiro deixa-o abalado, bem como a todo o meio cultural do país. Era o *mal do século*, idealizado pelo Romantismo — ser poeta e morrer jovem, da *tísica*, era quase um vício poético da época.

Machado de Assis aos 25 anos.

Ou por efeito desse e outros episódios ou, mais fortemente, por sua ânsia de ascender na vida, Machado parece em determinado momento afastar-se da boêmia noite da Corte e buscar a estabilidade na vida. Ao mesmo tempo, distancia-se assim cada vez mais de sua infância pobre. Seus textos começam a ser elogiados, ele escreve para um número cada vez maior de periódicos, ganha renome. Se na infância o chamavam de *Machadinho*, já agora o tratam por *Sr. Machado de Assis*.

A companheira

Carolina Xavier de Novais, vinda de Portugal, chega ao Rio de Janeiro em 1866. Irmã de um amigo de Machado, era descrita por todos como uma mulher muito culta, amante dos clássicos da literatura portuguesa. Machado e ela enfrentaram alguma oposição familiar ao namoro – devido ao fato de ele ser mulato, principalmente. Mas, determinados, terminaram se casando, em 1869.

Ficariam 35 anos juntos. Passaram por algumas residências e, a partir de 1884, compram sua casa própria, o sobrado da Rua Cosme Velho, 18, na atual Zona Sul do Rio de Janeiro, que motiva o mais famoso apelido de Machado – o Bruxo do Cosme Velho.

Carolina foi a perfeita companheira. Muitos ressaltam sua participação, revendo obras de Machado de Assis e cuidando dele, quando suas condições de saúde o debilitavam – o que começou a ocorrer cada vez com mais frequência.

A casa do Bruxo do Cosme Velho, residência de Machado de Assis por mais de vinte anos.

Com o passar dos anos, feliz no casamento, funcionário público que logo alcançaria o auge da carreira, gozando de popularidade e sendo celebrado como o maior romancista vivo da literatura brasileira, Machado parecia ter realizado a maioria de seus principais sonhos.

Machado de Assis e a esposa Carolina Novais, 35 anos de perfeita harmonia.

Últimas glórias

Em 1881, Machado lança em livro *Memórias póstumas de Brás Cubas*, romance que inaugura o que se convencionou chamar de Segunda Fase de sua obra ficcional. *Memórias póstumas* era

A A criação da história

1. Leia este trecho, extraído da seção "Bastidores da criação":

"E escrever sobre Machado como personagem é um desafio. Por quê? Em primeiro lugar, porque boa parte da vida do escritor é um mistério: pouco se sabe do Machado menino. Mas isso, que para um biógrafo é um problema, para um escritor de ficção torna-se uma oportunidade. Podemos completar as lacunas na biografia de Machado com nossa imaginação. Foi o que me propus fazer com este *O menino e o bruxo*."

Agora, responda:

Que passagens do livro você acha mais evidentes como criação, ou imaginação, de Moacyr Scliar em cima da biografia de Machado de Assis?

3. E já que estamos falando em fadas, há um personagem nessa história que desempenha um papel semelhante ao desses seres encantados; ou seja, aparece e, como num passe de mágica, resolve todos os problemas. Qual seria?

(   ) Sultão
(   ) O dono da livraria que gosta de Joaquim Maria
(   ) O cavalheiro da carruagem
(   ) O galo da missa do galo
(   ) A madrasta de Joaquim Maria

4. Existe uma maneira de começar as histórias chamada *in media res*, que significa "no meio da coisa", ou seja, começar no meio dos acontecimentos, com a ação já em andamento. Serve para dinamizar o início, sendo que o que aconteceu antes da cena enfocada – elementos do passado do personagem, por exemplo, seu nascimento e desenvolvimento – só é contado depois. É um conceito literário importante, uma técnica usada por Machado de Assis em vários de seus contos.

Nome
Ano .... Ensino ....
Escola ....

Suplemento *de leitura*
editora ática

O Menino e o Bruxo, *de* moacyr scliar

Um encontro mágico, uma reviravolta na vida, que realiza os sonhos mais ousados de uma pessoa. *O menino e o bruxo* é uma viagem afetuosa pela vida e a obra de Machado de Assis. E também uma exaltação ao dom, tão humano e humanizador, da imaginação. Vamos conhecer essa aventura um pouco mais a fundo resolvendo as questões a seguir?

2. Agora, vamos falar um pouco de contos de fada? Tendo lido a história desse menino pobre que tinha um gênio dentro de si, assinale qual dos contos abaixo você acha que se assemelha com a história dele e, nas linhas a seguir, justifique sua resposta.

( ) João e o pé de feijão
( ) Peter Pan
( ) O patinho feio
( ) Chapeuzinho Vermelho

....
....
....
....

tão diferente de tudo o que já se publicara na literatura brasileira que causou polêmicas, e até certa estranheza. Mas foram, sem dúvida, os contos e romances que começaram a surgir desde então, inclusive o igualmente famoso *Dom Casmurro*, que levaram Machado a ocupar o lugar de maior escritor de nossa literatura.

Machado ainda seria um dos fundadores e o primeiro presidente da Academia Brasileira de Letras – que hoje é

Estátua do escritor na entrada da Academia Brasileira de Letras, também chamada A Casa de Machado de Assis.

chamada de *A Casa de Machado de Assis*. Foi a homenagem maior que se poderia prestar ao seu gênio, representando a importância que seus pares reconheciam nele.

Carolina morreria em 1904. Os últimos anos de Machado foram solitários, saudosos, mas ele ainda escreveria várias obras, inclusive dois romances. Cercado dos maiores nomes das ideias e da literatura do seu tempo, ele morreu em 29 de setembro de 1908, aos 69 anos.